Guilt | Pleasure, TogaQ & Kichiku Neko

Equilibrium

Side A

In these words Prequel

Prolog

Während des Seminars kam ein unerwarteter Anruf des Diensthabenden und zwang ihn, den Unterricht zu verlassen.

»Kann das nicht warten? In einer Stunde ist …«

»Ich fürchte nicht, Doc«, antwortete der Sergeant. Sein starker New Yorker Dialekt ließ Katsuya unwillkürlich die Stirn runzeln, während er versuchte, seine Worte zu verstehen. »Krause will, dass Sie ihn am Tatort treffen.«

»Und dann?«

»Weiß nich. Hab nur gehört, dass es um 'nen hässlichen Selbstmord geht. Er braucht Sie da um zwei.«

Ein Blick auf seine Uhr verriet ihm, dass er eine halbe Stunde Zeit hatte, um wohin auch immer zu kommen. »Geben Sie mir die Adresse.«

»Brauch ich nich. Hab schon 'nen Streifenwagen geschickt, der Sie abholt. Warten Sie einfach draußen. Er sollte jede Minute da sein.«

Katsuya dankte ihm und legte auf, bevor man seiner Stimme anhören konnte, wie aufgebracht er war. Er schob das Handy in seine Tasche und kehrte in den Seminarraum zurück. Er entschuldigte sich, nahm seinen Aktenkoffer, versprach dem Dozenten, am nächsten Kurs teilzunehmen, und ging.

Der geschwätzige, zwanzigjährige uniformierte Beamte, der ihn in einem Streifenwagen abholte, hatte erst vor wenigen Monaten die Akademie absolviert. Katsuya saß schweigend auf dem Beifahrersitz, während der junge Mann wie ein Wasserfall über seine Entscheidung, Polizist zu werden, sprach. Katsuya nickte gelegentlich, hörte aber kaum hin.

»Da sind wir«, erklärte der Polizist, als sie vor einem Apartmentkomplex vorfuhren. Katsuya richtete sich in seinem Sitz auf. Das für gewöhnlich ruhige Gebäude wimmelte nur so vor Schaulustigen, die hinter einer Polizeiabsperrung eingepfercht waren. Mehrere Transporter der Spurensicherung, ein Leichenwagen und vier Streifenwagen mit eingeschaltetem Blaulicht standen vor einem Gebäude, auf dessen Seite die Nummer 2211 gemalt war. Davids Auto stand in zweiter Reihe vor einem Hydranten.

»Es war nett, mit Ihnen zu plaudern, Sir«, sagte der Streifenbeamte und hielt vor dem Eingang.

Katsuya schenkte ihm ein Lächeln und wünschte ihm einen schönen Tag, als er ausstieg. Er beobachtete, wie der Streifenwagen in drei Zügen wendete und davonfuhr.

»Detective Krause hat mich herbestellt«, informierte Katsuya den Polizisten, der am einzigen Durchgang postiert war. Gelbes Polizeiabsperrband wand sich um das Gebäude und ließ nur eine einen Meter große Öffnung auf dem Gehweg frei. Er kramte in seiner Tasche nach seinem Ausweis und zeigte ihn dem gelangweilt wirkenden Beamten.

»Er hat gesagt, dass Sie kommen würden«, erwiderte der Polizist und sprach in ein Funkgerät, das an seiner Schulterepaulette befestigt war. Er bat David, nach draußen zu kommen. »Er hat gesagt, Sie sollen hier auf ihn warten. Sie müssen da nicht reingehen.«

Verwirrt nickte Katsuya nur und trat ein paar Schritte von dem Mann weg, damit er sich nicht mit ihm unterhalten musste. Er war genervt. Er wollte nicht hier sein.

Zehn Minuten vergingen, bevor David aus dem Gebäude kam. Katsuya verzog das Gesicht, obwohl ihm ein breites Lächeln entgegenstrahlte.

»Warum brauchst du mich hier?«, erwiderte Katsuya auf Davids Begrüßung schroff. »Ich hatte gerade einen wichtigen Kurs. Es hat Monate gedauert, da reinzukommen.«

David ging zu seinem Wagen, um außer Hörweite der anderen Polizisten zu sein.

»Ist heute nicht dein Geburtstag?«, fragte David, während er den Kofferraum öffnete. Er lehnte sich gegen die Stoßstange und hielt mit der linken Schuhspitze die Ferse des rechten fest, um ihn auszuziehen. Katsuya beobachtete ihn verwirrt.

»Was spielt das für eine Rolle?«, entgegnete Katsuya. »Ist auch nur ein Tag wie jeder andere.«

David behielt sein Lächeln bei, während er aus seinen Schuhen schlüpfte und sie dick in Plastik einwickelte.

»Ich wechsle meine Schuhe, bevor ich an einen Tatort gehe. Wenn erst mal Blut in die Nähte gelaufen ist, bekommt man es unmöglich wieder raus«, erklärte er. »Selbst wenn nur ein einzelner Tropfen eindringt, sind die Schuhe ruiniert, und man weiß bei einem Einsatz nie, ob man nicht geradewegs in ein Schlachthaus läuft.«

Er schlüpfte in ein anderes Paar Schuhe, das neben dem Auto auf dem Boden stand, und richtete sich auf. »Heute ist dein Geburtstag«, wiederholte er, schloss den Kofferraum und bedeutete Katsuya einzusteigen.

»Und was ist mit deinen Ermittlungen?«

»Es ist ein Selbstmord«, antwortete David mit einem Schulterzucken. »Es gibt keinen Mörder, nach dem man suchen könnte. Wozu bin ich der Abteilungsleiter, wenn ich am Ende doch jedem meiner Männer beim Pinkeln den Schwanz halten muss? Ich hab zwei der Jungs damit beauftragt.«

Katsuya wollte nicht mit ihm gehen. Er fühlte sich plötzlich dumm, weil er an einen Tatort bestellt worden war, nur um auf ein spontanes Geburtstagsdate entführt zu werden. Er blickte sich noch einmal um und stieg dann doch ein, um eine Diskussion zu vermeiden und weil er sonst nicht nach Hause kommen würde, es sei denn, er ließ sich von einem anderen Streifenwagen kutschieren.

»Es ist egoistisch von dir zu glauben, dass du weißt, was ich heute tun will«, sagte Katsuya, sobald David den Wagen in den Verkehr gelenkt hatte. »Du hättest vorher fragen sollen.«

»Und dann hättest du alles daran gesetzt, dass ich dich nicht aufspüren kann. Was hat es mit deinem Geburtstag und gewissen Feiertagen auf sich, dass du Angst hast, an diesen Tagen unter Leuten zu sein?«

Er nahm seine rechte Hand vom Lenkrad und legte sie vorsichtig auf Katsuyas linke.

»Diese Tage bedeuten mir nicht dasselbe wie den meisten anderen Menschen«, erwiderte Katsuya. Seine Stimme war immer noch angespannt. Er hielt seinen Blick stur geradeaus gerichtet, doch er schüttelte Davids Hand nicht ab.

David krümmte die Finger, um Katsuyas Hand lose in seiner zu halten. »Dass es dich gibt, ist das Allergrößte für mich«, sagte er, den Blick weiter nach vorn gerichtet. »Und jetzt bist du hier bei mir.«

Katsuya hätte fast gelächelt. »Nicht schlecht«, kommentierte er schließlich. Seine schlechte Laune war für den Augenblick vergessen. »Ich stelle immer wieder fest, wie beiläufig und unbefangen Amerikaner über diese Dinge reden können. Daran kann ich mich einfach nicht gewöhnen.«

David lachte. »Ich weiß, welche Sprüche ziehen«, bemerkte er. »Und mach dir um den Kurs keine Gedanken. Der Alte hält diese Vorlesungen dauernd vor den Bundesbeamten in Quantico. Ich bitte den Captain, dich nächsten Monat hinzuschicken.«

»Er mag dich nicht.«

»Aber er mag dich«, gab David zurück. »Es würde mich nicht wundern, wenn er dich zu dem Kurs begleiten und dafür sorgen würde, dass der Rezeptionist euch *versehentlich* auf dasselbe Zimmer bucht.«

»Trotzdem«, beharrte Katsuya, »auch wenn du es gut gemeint hast, entschuldigt das noch nicht, dass du mich gegen meinen Willen dazu zwingst, den Tag mit dir zu verbringen.«

»Ich weiß nicht, wie ich mich fühlen soll«, gestand David. »Das ist noch nie passiert.«

»Was?«

»In meinen bisherigen Beziehung war das quasi ein vorausgesetztes Pflichtprogramm. Selbst wenn ich an einem Geburtstag, Jahrestag oder Feiertag zu einem Fall gerufen wurde, war es trotzdem meine Schuld. Und ich habe das irgendwie verstanden, auch wenn ich Ärger bekommen habe, den ich nicht verdient hatte.«

»Willst damit jetzt sagen, dass ich anstrengend bin oder nicht?«

»Das weiß ich auch nicht so genau«, erwiderte David. Er wandte den Kopf, um Katsuya anzulächeln. »Es ist schön, wenn in einer Beziehung keine überbordenden Erwartungen auf einem lasten. Aber auf der anderen Seite möchte ich dich gerne verwöhnen. Kannst du mir das bitte zugestehen?«

»Du kannst mich jederzeit verwöhnen«, entgegnete Katsuya. »Dazu braucht es keinen besonderen Anlass.«

Daraufhin schwiegen sie. David hielt weiter Katsuyas Hand. Keiner von beiden sagte ein Wort, bis sie sich Davids Wohnung näherten.

»Entschuldige«, sagte David, als er den Wagen auf seinen Parkplatz lenkte. »Ich wollte dich nicht entführen. Aber es bedeutet mir viel, den Tag mit dir zu verbringen.«

»Du musst dich nicht entschuldigen«, versicherte Katsuya. »Ich bin ein bisschen genervt, aber ich bin nicht verärgert.«

»Dann darf ich dich also verwöhnen?«

Katsuya schlang einen Arm um David Hals und zog ihn für einen Kuss zu sich. »Das solltest du – an jedem einzelnen Tag.«

Es folgte ein weiterer federleichter Kuss, bei dem ihre Lippen ganz sanft übereinander strichen. Plötzlich wurde Katsuya sich ihrer Umgebung bewusst. Er lehnte sich zurück und brach die entstandene Spannung mit einem verlegenen Räuspern.

»Das sollten wir nicht hier …«

David lächelte und küsste Katsuya auf die Wange. »Okay, okay … Du magst keine öffentliche Zurschaustellung von Zuneigung«, sagte er. »Ich hoffe, du hast Hunger. Ich habe ein schönes, saftiges Steak, auf dem dein Name steht.«

Katsuya legte den Kopf schräg. »Du hast seltsame Euphemismen.«

David lachte. Er konnte es sich nicht verkneifen, Katsuya noch einen schnellen Kuss von den Lippen zu stehlen. »Das kannst du auch kriegen, nachdem ich für dich gekocht habe«, erklärte er, »so viel du willst.«

Katsuya hatte sein Jackett ausgezogen und es über einen Sessel im Wohnzimmer gelegt. Er nahm kleine, vorsichtige Schlucke Tee aus einer Keramiktasse mit der Aufschrift »Mordkommission: Unser Tag beginnt, wenn Ihrer endet« und roten Sprenkeln. Er saß am Küchentisch und sah David dabei zu, wie er zwei Filetsteaks anrichtete, die er in einer gusseisernen Pfanne gebraten hatte.

Es war interessant, David beim Arbeiten zuzusehen. Die Konzentration, die er aufwandte, um das Essen auf den Tellern anzurichten, glich der eines Künstlers, der gerade sein Meisterwerk vollendete. Die zusammengezogenen Augenbrauen und die präzisen Bewegungen hatte er von einem italienischen Onkel übernommen. David hatte ihm erzählt, dass der Mann Privatkoch eines beliebten Musikers gewesen sei, von dem Katsuya noch nie gehört hatte.

»Eines Tages, wenn ich kein Schnüffler mehr bin, pack ich meine Sachen, geh nach Hollywood und koche für irgendein reiches Arschloch«, erklärte David ihm.

Katsuya nippte weiter an seinem Tee, um den Hunger zu unterdrücken, den der köstliche Geruch seines Geburtstagsmahls ausgelöst hatte. Er versuchte, nicht zu gierig zu wirken, als ihm endlich das Steak mit einem Glas Rotwein serviert wurde. Er ignorierte den Salat, der in einer Schale aus geschliffenem Glas angerichtet war, und schnitt in sein Steak.

»Das ist fantastisch«, sagte er nach dem ersten Bissen und nickte nachdrücklich.

David strahlte. »Ich hätte dir ja einen Kuchen gebacken, aber …«

»Mir ist Fleisch lieber«, bestätigte Katsuya. »Mach mir nächstes Mal einen Steak-Kuchen.«

David erhob sich weit genug von seinem Platz, um Katsuya einen Kuss zu geben. »Was immer du willst. Alles Gute zum Geburtstag«, sagte er, »ob du ihn nun feiern willst oder nicht.«

Katsuya lächelte – ein aufrichtig glückliches Lächeln. David erwiderte es mit einem weiteren Kuss.

»Danke«, sagte Katsuya und bedeutete David, ebenfalls mit dem Essen anzufangen. »Ich bin froh, dass du meinen Tagesablauf über den Haufen geworfen hast. Du hast recht, vielleicht wäre ich böse gewesen, wenn du meinen Geburtstag ignoriert hättest.«

David setzte sich wieder hin und breitete die Stoffserviette über seinem Schoß aus. »Entgegen den Gerüchten habe ich es nicht in gerade mal fünf Jahren zum Detective geschafft, nur weil ich so niedlich bin.«

»Mike hat mir vor ein paar Tagen etwas Interessantes über dich erzählt«, begann Katsuya, nachdem er einen Schluck von seinem Merlot genommen hatte.

»Ich will's lieber gar nicht wissen«, entgegnete David und schnitt ein Stück von seinem Steak ab. »Er kennt eine Menge dreckiger Geheimnisse über mich.«

»Wirklich?«

David lächelte, während er kaute. »Er kennt mich schon, seit ich noch Streifenpolizist war.«

»Er hat mir erzählt, du warst früher ein Dom in der BDSM-Szene.«

Davids Gesichtsausdruck blieb unverändert. Er nahm noch einen weiteren Bissen von seinem Steak. »Das war nicht meine Idee«, erklärte er und nahm einen Schluck aus seinem Weinglas, um das Steak hinunterzuspülen. »Ich war mit jemandem zusammen, der darauf stand, und habe mich den Bedürfnissen dieser Person angepasst.«

»Jemand hat dich gebeten …«, begann Katsuya, unterbrach sich aber dann, um die richtigen Worte zu finden.

»Ja«, erwiderte David. »Ich hab das etwa ein Jahr lang mitgemacht, um sie glücklich zu machen.«

»Es war eine Frau?«

»Ich würde jetzt gerne behaupten, dass ich von der Seele eines Menschen angezogen werde, nicht von seinem Körper, aber das stimmt nicht so ganz. Ich mag eben, was ich mag«, erklärte David mit einem Lächeln. »Aber ich war irgendwie ganz froh, als ich das nicht mehr machen musste. Auch wenn ich die Psychologie des Schmerzes verstehe, die dahintersteckt, habe ich mich doch nie ganz wohl dabei gefühlt. Wenn der Moment vorbei war, habe ich mich immer wie ein Frauenhasser gefühlt.«

Katsuya richtete sich auf seinem Stuhl auf, sein Essen war für den Augenblick vergessen. »Warum?«

»Es ist eine sehr intensive Erfahrung«, beschrieb David. »Dem oberflächlichen Verständnis von BDSM nach geht es bei den Spielen um ein tief verwurzeltes Vertrauen und darum, dass die Vorstellung des zugefügten Schmerzes subjektiv ist. Aber es steckt so viel mehr dahinter. Da ist dieser Mensch, dem sein Selbstbewusstsein, seine Identität, sein Ego – alles – genommen wurde. Und du bist dafür verantwortlich, dieses absolut schutzlose Wesen zu behüten und ihm Gefühle zu schenken, es in dieser kurzen Zeitspanne zu dem zu machen, was es im Innersten ausmacht. Aus rein körperlicher Sicht hatte ich die Kontrolle. Aber alles andere hat sie kontrolliert. Ich schätze, ich hätte mich stärker darauf eingelassen können und mehr für mich selbst aus dieser Erfahrung rausgeholt, wenn es auch meine Vorliebe gewesen wäre. Ich kann nicht leugnen, dass es einige sehr mächtige sexuelle Verbindungen dabei gab, als würde man etwas sehr Reines besitzen, und die Liebe oder Lust in diesen kurzen Augenblicken war bedingungslos. Allerdings ist es harte Arbeit, diesen Punkt zu erreichen. Manchmal fühlte es sich eher so an, als würde man versuchen, einem impotenten Mann eine Erektion abzuringen. Ergibt das irgendeinen Sinn?«

Katsuya zuckte mit den Schultern.

»Ich habe sie geliebt und alles getan, um sie glücklich zu machen«, sagte David. »Das war der einzige Grund, warum ich mich in dieser Szene bewegt habe. Das ist kein *so* dreckiges Geheimnis. Ich hab Schlimmeres angestellt.«

»Du hast Schlimmeres angestellt?«

»Lass uns jetzt keine schlafenden Hunde wecken.«

»Hast du dich deshalb von ihr getrennt?«

David legte seinen Kopf schräg und dachte einen Moment lang nach. »Zum Teil wahrscheinlich ja. Ich wollte keine Sklavin, ich wollte eine Freundin. Und sie wollte mehr, als ich zu geben bereit war.«

Es folgten ein paar Augenblicke des Schweigens. David schnitt weiter kleine Stücke von seinem Steak und aß, während Katsuya an seinem Wein nippte.

»Warst du gut darin?«

»Natürlich. In die Köpfe der Leute einzudringen ist eins meiner natürlichen Talente. Nicht ohne Grund habe ich eine der höchsten Geständnisraten auf dem Revier.«

Obwohl David das mit einem Lächeln auf den Lippen gesagt hatte, wusste Katsuya, dass es stimmte. Auf persönlicher Ebene mochten viele Vorgesetzte David nicht, aber sie konnten nicht leugnen, dass er einer der Besten war. Er war einer der Lieblinge des Commissioners.

»Wenn ich dich als Geburtstagsgeschenk darum bitten würde, mich an einen Ort zu bringen, an dem ich so etwas mit dir erleben kann, würdest du es tun?«, fragte Katsuya.

David legte sein Besteck auf den Teller. Seine Miene verfinsterte sich. »Wärst du auch damit zufrieden, wenn ich meine Uniform anziehe, versaut mit dir rede und dir ein paar leichte Klapse verpasse?«

»Ich bin sicher, dass das nicht das Gleiche ist.«

»Hast du dich schon immer für so was interessiert?«

»Nur als Erforscher der Psyche. Die Verwandlung von Schmerz in Lust fasziniert mich.«

»Das ist nicht immer gegeben«, erklärte David. »Die Befriedigung entsteht nur dadurch, dass du dazu in der Lage bist, dein Selbst wirklich komplett aufzugeben und darauf zu hoffen, dass dir jemand anderes alles gibt. Wenn du nicht schon immer diese Veranlagung hattest und bereit bist, sie zu erforschen, kann sich der Schmerz auch ganz schnell in Erniedrigung verwandeln. Und das kann dir Schaden zufügen. Es kann unserer Beziehung schaden.«

»Ich glaube, ich kann das verkraften«, versicherte Katsuya. »Ich will wissen, wie es sich anfühlt, wenn jemand, der mich liebt, mir Schmerz zufügt.«

»Das klingt perverser, als es eigentlich ist«, erwiderte David. »Ich bin wirklich nicht überzeugt, ob du dich dazu bringen kannst, dich selbst vollkommen aufzugeben.«

»Aha?«

»Du bist ein sehr starker, stolzer Mann.« Davids Stimme wurde leiser, sanfter. »Aber da ist etwas so verdammt Zerbrechliches in deinem Inneren, das Leute dazu bringt, dich beschützen zu wollen. Leute wie mich.«

»Denkst du, ich würde zerbrechen, wenn mir jemand wehtut?«

»Ich weiß es nicht«, erwiderte David. Er erhob sich etwas, um sich vorbeugen und Katsuya auf den Mund küssen zu können. »Aber ich will es wirklich nicht rausfinden.«

»Ich halte mehr aus, als du denkst, David«, beteuerte Katsuya. »Weißt du, warum ich nicht der Meinung bin, dass ein Tag wie mein Geburtstag etwas Besonderes ist?«

David setzte sich wieder.

»Im Gegensatz zu den meisten anderen Menschen habe ich keinen Anker.«

David zog verwirrt die Augenbrauen zusammen.

»Die Menschen sind aufgrund ihres Bedürfnisses nach einer Identität, nach einem Ego, miteinander verbunden. Ich bin der Sohn meines Vaters, der Bruder meines Bruders, der Mann meiner Frau, der Vater meiner Kinder, ein Freund meiner Freunde. Wir verbinden uns auf diese Art mit anderen Menschen, um zu definieren, wer wir sind. Für die meisten von uns stammt unsere grundlegende Identität von unseren Eltern, sie sind schließlich unsere erste Berührung mit dieser Welt. Ich habe eine solche Verbindung nicht.«

David schwieg und wartete darauf, dass Katsuya fortfuhr.

»Auch wenn ich nicht im klassischen Sinn eine Waise war, habe ich meine Eltern nie gekannt.«

»Du meinst, du kanntest deine Eltern, aber sie dich nicht?«

»Ich habe meine Mutter nie kennengelernt. Nur wenige Stunden nach meiner Geburt hat mein Großvater väterlicherseits mich ihr weggenommen. Ich bin nicht mal sicher, ob mein Vater anwesend war, als ich geboren wurde. Seit ich das Konzept verstehen konnte, hat man mir immer wieder eingebläut, dass ich nur wegen der Schuldgefühle zweier Menschen existiere, die sie empfanden, nachdem sie mich gezeugt hatten.«

»Ich will ja nicht schlecht von deiner Familie reden, aber es ist schon echt mies, einem Kind zu erzählen, dass seine Eltern nicht für es da sind, weil es ein Unfall war.«

Katsuya zuckte mit den Schultern. »Auch wenn mein Großvater nichts zu mir gesagt hätte, hätte ich es irgendwann selbst herausgefunden. Schließlich wäre es offensichtlich gewesen, dass andere Kinder Eltern haben und ich nicht. Dort, wo ich herkomme, werden dysfunktionale Familien weit weniger akzeptiert als hierzulande.«

»Geburtstage, an denen vorübergehend der Fokus auf dem Tag liegt, an dem du vor wie vielen Jahren auch immer aus einer Gebärmutter gepresst wurdest, sind also für dich bedeutungslos wegen der Art, auf die du entstanden bist?«

Katsuya lächelte. »Es kommt einem einfach nicht mehr wie etwas Besonderes vor«, sagte er. »Sie sind wirklich ein guter Psychoanalytiker, Detective. Verheimlichen Sie mir einen Abschluss, von dem ich bisher nichts wusste?«

»Nö«, antwortete David und nahm sein Besteck wieder auf. Er schnitt ein Stück von seinem Steak ab. »Ich habe mich nur jahrelang mit den extremsten Fällen guter wie schlechter Menschen herumgeschlagen. Irgendwann stellt man fest, dass sie gar nicht so unterschiedlich gestrickt sind. Menschen, die freundlich und großzügig sind, haben ähnliche Beweggründe wie jede Art von Arschloch. Aber trotzdem bin ich der Meinung, dass ein Tag wie heute etwas Besonderes ist. Es spielt keine Rolle, *warum* du existierst, nur *dass* du es tust. Nur das ist mir wichtig. Und dir sollte es das auch sein.«

Katsuyas Lächeln blieb unverändert, während er beobachtete, wie David auf seinem Steak herumkaute.

»Also … denke ich zu weit, wenn ich vermute, dass du diese sogenannte ›Psychologie des Schmerzes‹ erfahren willst, nur um … etwas anderes zu empfinden?«

Katsuya schluckte. »Du liegst nicht ganz falsch, aber in diesem Fall geht es wirklich in erster Linie darum, meine Neugier zu befriedigen.«

»Und du versuchst nicht, emotional irgendwas zu kompensieren?«

Katsuya lachte. »Wenn ich etwas kompensieren wollte«, erwiderte er, »hätte ich inzwischen mit der halben Stadt geschlafen.«

»Touché.«

***

Katsuya kuschelte sich in das weiche Sofa und nippte an seinem Kaffee. Die leeren Teller und die größtenteils unangetasteten Salatschüsseln blieben auf dem Tisch stehen. David hatte sich entschuldigt, um auf dem Balkon mit seinem Handy zu telefonieren – bei geschlossener Tür.

Katsuya beobachtete, wie David auf der kleinen Fläche hin und her tigerte – vier Schritte, Kehrtwende und wieder vier Schritte. Seinem Gesichtsausdruck nach war er ganz auf das Gespräch konzentriert. Mit wem David auch sprach, sein Gesprächspartner schien ihn immer wieder zu verärgern.

Als er wieder hereinkam, waren zwanzig Minuten vergangen. Katsuya hatte seinen Kaffee zur Hälfte ausgetrunken.

»Entschuldige«, sagte David und setzte ein herzliches Lächeln auf, während er die Schiebetür hinter sich schloss. »Der Anruf hat länger gedauert als erwartet.«

»Ging es um die Arbeit?«, fragte Katsuya. Er stellte seine Tasse auf einen Korkuntersetzer auf dem Wohnzimmertisch.

»Nein«, antwortete David. Er schob die Tasse beiseite und setzte sich auf die Tischkante. »Ich habe jemanden angerufen, der einen Laden auf Long Island hat, in den ich immer mit meiner Ex gegangen bin.«

Katsuya zog eine Augenbraue hoch. Sein Interesse war geweckt.

»Es ist ein sicherer Klub. Nur Mitglieder haben Zutritt. Es gibt viele Regeln, von denen ich einige nicht umgehen kann«, erklärte David. »Was bedeutet, dass ich vielleicht nicht sicherstellen kann, dass du ausschließlich unter meiner Kontrolle stehst.«

»Ich verstehe nicht ganz.«

»Alle Subs sind Eigentum. Geteiltes Eigentum. Ich kann entscheiden, ob ich den Sub von jemand anderem benutzen will oder nicht, aber ein Sub kann einen Dom nicht ablehnen. Sie werden keinen Verkehr mit dir haben, wenn du das nicht willst, aber sie können durchaus mit dir spielen. Das Haus hat diese

Regel für seine Mitglieder aufgestellt, um unterschiedliche Erfahrungen zu fördern.«

»Hat es dich gestört, wenn du deine Partnerin teilen musstest?«

David zuckte mit den Schultern. »Nicht wirklich. Sie hat diese Erfahrungen ehrlich genossen. Es war ein bisschen seltsam, dabei zuzusehen, wie meine nackte Freundin von Fremden betatscht wurde, aber ich war ja ihretwegen da. Es hat mich nicht allzu tief berührt.«

»Aber … du scheinst dir nicht sicher zu sein, ob du dich nicht mehr als ein bisschen seltsam fühlen würdest, wenn *ich* betatscht werde.«

»Nur weil ich nicht sicher bin, dass du das wirklich willst. Solange ich dich kenne, warst du immer sehr zurückgezogen. Ich habe fast ein Jahr gebraucht, um in dein Bett zu kommen. Könntest du wirklich nackt für irgendwelche Männer und Frauen die Beine breit machen?«

Katsuya nickte nachdenklich. »Ich verstehe.«

»Könntest du es?«

»Jetzt gerade rede ich mir ein, dass ich es könnte. Dass es eine vorübergehende Fantasie ist, die ich mit Leuten teile, die ich nie wiedersehen werde. Dass ich ein bewusster Teilnehmer und kein Opfer bin. Deine Anwesenheit hilft mir, mich an dieser Vorstellung festzuhalten.«

Katsuya nahm Davids Hände in seine und drückte sie leicht. »Ich denke, die Frage ist eher, ob du mich nach dieser Erfahrung immer noch so ansehen wirst wie jetzt.«

David hob Katsuyas Hände an seine Lippen und küsste sie. »Immer«, beteuerte er. »Egal was aus dir wird.«

»Wirst du eifersüchtig werden, wenn andere Männer mich anfassen?«

»Ich werde außer mir sein«, erwiderte David. »Aber ich werde mich zurückhalten, um dir die Erfahrung zu ermöglichen, die du dir wünschst.«

»Gute Antwort«, bemerkte Katsuya. »Gehe ich recht in der Annahme, dass wir heute Abend dort hingehen können?«

»Wir haben für heute Abend eine Einladung. Aber bevor du mich jetzt aufgeregt mit den Autoschlüsseln in der Hand aus dem Haus zerrst, müssen wir erst für uns noch ein paar Dinge durchgehen. Von diesem Punkt an wirst du nicht infrage stellen, was ich von dir verlange, oder dich mir verweigern. Sobald du das tust, fasse ich das als dein Safeword auf und breche sofort alles ab.«

Katsuya schwieg.

»Wenn du es nicht erträgst, ein paar der Dinge zu tun, die du tun musst, um dich auf heute Nacht vorzubereiten, wirst du dort keine Minute durchhalten. Dann ist sofort alles vorbei und wir fahren nicht hin.«

Katsuya nickte.

David beugte sich vor und küsste ihn auf die Stirn. »Geh duschen«, sagte er und stand auf. Er drehte sich um und fing an, den Tisch abzuräumen. Er blickte nicht auf, als Katsuya aufstand und auf dem Weg zum Badezimmer sein Hemd aufknöpfte.

Katsuya stand unter dem heißen Wasserstrahl. Er sich jedoch nicht sicher war, warum er duschen sollte, auch wenn es natürlich Sinn ergab, dass er für heute Abend sauber sein sollte. Davids Worte hallten in seinem Kopf nach. Er redete sich ein, dass er nicht aufgeregt sein sollte, und doch war er es auf eine seltsame Art. Kurz fragte er sich, was er für ein Mensch war, dass er die Gefühle von jemandem, der ihn liebte, auf die Probe stellte, indem er sich von anonymen Männern und Frauen benutzen ließ.

Er hatte nicht gehört, wie David das Badezimmer betreten hatte, bis die Glastür der Dusche aufgeschoben wurde. David trug immer noch seine Anzughose und sein Hemd. Die Ärmel hatte er hochgekrempelt. Katsuya verzog das Gesicht, als er bemerkte, dass er eine Dose mit Rasierschaum und einen Wegwerfrasierer in der Hand hatte.

»Wirst du …«, begann Katsuya.

»Ja«, antwortete David. Er trat in die Dusche und wurde sofort durchnässt. »Du musst glatt rasiert sein.«

Katsuya spürte, dass sein Gesicht anfing zu glühen. Es fühlte sich viel heißer an als das Wasser, das über ihn floss.

»Leg deine Hände an die Wand. Ich werde das machen«, sagte David, während er sich hinhockte. »Spreiz deine Beine.«

Katsuya lag ein Widerspruch auf der Zunge. Ein reiner Reflex. Doch er unterdrückte ihn schnell und tat wie ihm geheißen. Er stemmte die Handflächen gegen die Duschwand und starrte auf den grau-weiß marmorierten Granit vor sich, um sich davon abzuhalten, nach unten zu schauen. Er zuckte zusammen, als David eine Handvoll Gel um die Wurzel seines Schafts schmierte. Ein heftiger Schauer der Erregung durchfuhr ihn.

»Nicht bewegen«, warnte ihn David. Mit sanfter Hand schäumte er das Gel auf. Seine Finger arbeiteten sich an seinem Schwanz entlang, fuhren um die Wurzel herum und dann unter seine Eier. Katsuya spürte, wie er hart wurde. »Fühlt sich das gut an?«

»Ja«, stöhnte Katsuya und warf einen Blick nach unten. David saß auf den Knien. Seine nasse Kleidung klebte an seinem Körper. Er pumpte Katsuyas Erektion in seiner Hand.

»Stillhalten«, mahnte David. Mit einer Hand hielt er seinen Schwanz fest, während er mit der anderen die Klinge an die Wurzel führte.

Die Reibung war sanft und erregend. Katsuya wurde noch härter, während er mit kleinen, vorsichtigen Bewegungen rasiert wurde. Einige Male fühlte er sich lächerlich, aber dann war es ihm doch wieder egal. Es fühlte sich gut an. Er stöhnte und spürte, wie sein Körper anfing zu zittern. David packte ihn noch fester, damit er stillhielt. Aber er musste sich bewegen.

»Fast fertig«, sagte David.

Katsuya konnte nichts anderes als das Prasseln der Dusche über sich und das Rauschen seines eigenen Blutes in seinen Ohren hören. Ihm wurde schwindelig. Seine Handflächen rutschten langsam nach unten und von der Wand weg.

»Deine Hände verlassen die Wand nicht«, erklärte David. Diese feste Stimme, die David ihm gegenüber noch nie benutzt hatte, riss ihn aus seiner Trance und er korrigierte die Position seiner Hände. Er schüttelte die Benebelung ab, die ihn überkommen hatte.

Weitere Minuten vergingen und Katsuya spürte, wie ihn diese köstliche Benommenheit wieder überkam. David war fertig.

Er drehte das Wasser ab und stand auf. Er küsste Katsuya und legte eine seiner Hände auf seinen frisch rasierten Schritt.

Die glatte Haut, die sich zwischen seinen Hüften erstreckte, fühlte sich seltsam an. Davids Hand führte seine. Katsuya hatte keine Scham empfunden, bis er an sich herabsah und seine völlige Blöße erblickte.

»Ich fühle mich … irgendwie … komisch …«, sagte Katsuya. Er konnte den Satz nicht beenden.

David lachte leise und küsste ihn. »Denk nicht darüber nach«, erwiderte er. »Genieß einfach die Empfindungen, ohne zu überlegen, was die Dinge zu bedeuten haben und wie sie sein sollten. Es gibt hier nur dich und mich.«

Katsuya nickte. Er nahm die Hand von seinem Schritt und begann, David die nassen Sachen auszuziehen. Seine Finger zitterten, während er sein Hemd aufknöpfte und dann seinen Gürtel und die Hose öffnete. Bevor er jedoch den Reißverschluss herunterziehen konnte, fing David seine Hand ab.

»So sehr ich das auch möchte, dafür haben wir jetzt keine Zeit«, erklärte er. »Es sei denn …«

Katsuya gab David einen flüchtigen Kuss. »Ein andermal«, sagte er mit einem Lächeln. »Wann immer du es nachholen willst.«

»Oh, das werde ich!«

»Ich hatte nichts anderes erwartet.«

***

Es war fast zehn, als David seinen Wagen durch ein kunstvoll geschmiedetes Metalltor lenkte, nachdem er an der Gegensprechanlage seinen Namen genannt hatte. Die Auffahrt war fast einen halben Kilometer lang und breit genug, dass zwei Autos aneinander vorbeikonnten. Obwohl es zu dunkel war, um die Landschaft zu betrachten, konnte Katsuya zu beiden Seiten der Auffahrt Reihen ordentlich zurechtgestutzter Bäume erkennen, die auch das hell erleuchtete Anwesen umstanden.

Während der gesamten einstündigen Fahrt hatte David schweigend Katsuyas Hand gehalten. Als sie vor dem Eingang hielten, wo sie ein Mann in Smoking und weißen Handschuhen erwartete, drückte er sie.

»Mir wird nichts passieren«, versicherte Katsuya. Er versuchte, ein Lächeln zustande zu bringen, doch es gelang ihm nicht. Davids Gesichtsausdruck gefiel ihm gar nicht und allein bei der Vorstellung, dass er dabei war, sich ins Unbekannte zu stürzen, drohte die Angst, ihn zu überwältigen.

»Eine Stunde«, sagte David und schaltete auf Parken. »In einer Stunde verschwinden wir wieder.«

Katsuya nickte. Die Wagentür wurde von dem Mann im Smoking für ihn geöffnet. Er stieg aus. Der Mann nickte nur zur Begrüßung, bevor er das Auto zur Fahrerseite umrundete. David war bereits ausgestiegen. Wieder nickte er, stieg dann in den Wagen und fuhr davon.

»Sobald wir durch diese Tür gehen«, erklärte David, als er neben Katsuya trat, »musst du ein anderer Mensch werden.« David legte seine Hände auf Katsuyas Wangen. »Genauso wie ich ein anderer Mensch werden muss. Aber ich werde trotzdem sofort bei dir sein, wenn du mich brauchst.«

»Danke«, sagte Katsuya. »Ich weiß, wie schwer das für dich ist.«

David küsste Katsuya auf die Stirn. »Ist es nicht, wenn das das ist, was du willst«, erwiderte er. »Keine Safewords. Ruf einfach nach mir und ich breche das ab und bringe dich hier weg.«

»Werden die nicht wütend werden, wenn du das tust?«

Davids Mundwinkel zuckte nach oben. »Als wenn es mich interessieren würde, ob sich irgendjemand aufregt. Nachdem das geklärt ist, wirst du jetzt den Hausherren kennenlernen. Und du wirst ihn entsprechend anreden müssen. Er zerstört Dinge gerne von innen heraus.« Er küsste Katsuya auf den Mund. »Lass dich auf gar keinen Fall von ihm provozieren. Er spielt gern falsch.«

»Ich verstehe«, sagte Katsuya. Er wandte sich der Haustür zu, die aus dickem Kristallglas bestand, das in einem schmiedeeisernen Rahmen gefasst war. Im erleuchteten Inneren konnte er Gestalten erkennen, die vorbeigingen. »Ich schätze, man wird mir nicht gestatten, mich an so einem Ort aufzuhalten.«

»Es gibt Dungeons«, entgegnete David und schob Katsuya sanft vorwärts. »Sie sind schlimmer als richtige Kerker. Lass dich von dem exklusiven Äußeren nicht blenden.«

Einer der Flügel der Tür öffnete sich, bevor sie sie erreicht hatten. Ein schlanker, großer Mann in einer maßgeschneiderten Lederhose und einem silbernen Seidenhemd trat heraus. Sein weißblondes Haar war lang und wurde von einem silbernen Haarband zusammengehalten. Eine brennende Zigarette hing ihm aus dem Mundwinkel. Er sah älter aus als David – er mochte Ende vierzig sein.

»David«, grüßte der Mann, »hattest du nicht vor, reinzukommen?«

David zuckte nur mit den Schultern. »Ich wollte mit meinem Gast erst noch ein paar Details durchgehen.«

Der Mann sah Katsuya an, als würde er ihn erst jetzt bemerken, und lächelte. »Nicht schlecht«, kommentierte er. »Hast du endlich aufgegeben und dir eine asiatische Katalogbraut geleistet?«

»Ja«, antwortete David. »Also sei bitte nett zu ihm. Er ist nur neugierig.«

Der Mann nahm die Zigarette aus dem Mund und warf sie weg. Der brennende Stummel rollte über die makellos polierten Steinfließen in eine Ecke. Katsuya konnte nicht wegsehen. Diese einfache Geste verriet ihm, dass das der Herr des Hauses war.

»Das glaube ich nicht«, widersprach der Mann. Er streckte eine Hand aus, um Katsuyas Gesicht zu berühren. Aus einem Reflex heraus trat Katsuya zurück, sodass er außerhalb seiner Reichweite war. Sein Verhalten amüsierte den Mann.

»Verstehst du, was in meinem Haus mit dir passieren kann?«, fragte er. »Ich besitze alles, was durch diese Türen tritt.«

Aus dem Augenwinkel bemerkte Katsuya, dass David angespannt von einem Fuß auf den anderen trat.

»Das tue ich nicht«, sagte Katsuya schließlich.

»Willst du trotzdem in mein Haus kommen, auch wenn du weißt, dass ich dich verletzen kann und werde?« Er sprach mit sanfter, leiser Stimme. Die Art, wie der Mann mit ihm redete, indem er sich leicht vorbeugte, um auf Augenhöhe mit ihm zu sein, vermittelte Katsuya augenblicklich das Gefühl, wieder ein Kind zu sein.

»Ja«, entschied Katsuya nach kurzem Zögern.

Ein Lächeln breitete sich auf dem Gesicht des Mannes aus. Erneut streckte er die Hand aus. Dieses Mal schrak Katsuya nicht vor ihm zurück. Die Hände des Mannes waren schwielig, rau wie Stein. Er packte ihn am Kinn und fuhr mit dem Daumen über seine Unterlippe. Katsuya konnte fast den Tabak schmecken.

»Der hier ist besser als die Letzte«, kommentierte er. »Ich habe schon lange nicht mehr mit einem Jungen gespielt.«

»Wir gehen in einer Stunde«, erklärte David.

Der Mann lächelte nur. »In einer Stunde kann man viel erleben.«

Katsuya fühlte sich lächerlich, als der Mann ihn bei der Hand nahm und ihn durch die Tür führte. David folgte ihnen.

Als er schließlich eintrat, hielten sich im Innern des Hauses mehr Menschen auf, als er erwartet hatte. Ein Atrium wurde von einem Kronleuchter, der drei Stockwerke über ihnen hing, hell erleuchtet. Einige Leute standen am Kopf der Treppe, andere an ihrem Fuß. Alle waren elegant gekleidet, in teure Anzüge, Smokings und Abendkleider. Die einzigen Ausnahmen waren die nackten

Männer und Frauen, die Metallhalsbänder oder Lederharnische um Brust oder Hüften trugen. Einige waren angeleint. Zwei krabbelten auf sie zu.

»Nein«, sagte David nur und scheuchte die beiden Frauen weg, bevor sie ihm zu nahe kommen konnten. Sie hielten in ihrer Kriechbewegung inne und schienen von Davids Zurückweisung enttäuscht zu sein.

»Willst du nur zusehen?«, fragte der Mann.

»Ja«, antwortete David.

»Was für eine Verschwendung«, bemerkte der Mann, während er sie durch das Atrium in den hinteren Bereich führte. »Du bist ein Naturtalent. Einige der Sklaven waren ganz schön enttäuscht, als du nicht zurückgekommen bist.«

»Die Leute mögen es nicht, wenn ein Cop Geschmack daran findet, andere zu verprügeln«, gab David zurück.

»Ich habe auch deinen Sinn für Humor vermisst.«

»Das sollte nicht witzig sein, M.«

Das war das erste Mal, dass Katsuya den Namen des Mannes gehört hatte, »M«. Ein einzelner Buchstabe, der ihn noch Ehrfurcht gebietender machte – ein Mann, der keinen Namen hatte. Für einen flüchtigen Moment wollte Katsuya Ms Griff um sein Handgelenk abschütteln und David bitten, ihn nach Hause zu bringen.

Doch sobald ihm der Gedanke gekommen war, verdrängte er ihn auch schon wieder. Er ballte die Hände zu Fäusten. Eine bange Vorahnung stieg in Katsuya auf und drehte ihm den Magen um.

Sie gingen gemächlich an Männern und Frauen vorbei, die ähnliche Formen von Glamour, Reichtum und Verderbtheit zur Schau stellten. Sie sahen ihn erst an, nachdem sie Ms Interesse an ihm bemerkt hatten. Katsuya war schnell zu der Erkenntnis gekommen, dass er hier keine Identität hatte. Er war uninteressant und es nicht einmal wert, angesehen zu werden, bis Ms Gegenwart die Neugier der Anwesenden weckte. Davids Schritte – seine Absätze, die auf dem Marmor klapperten – konnte er hinter sich kaum ausmachen. Er konnte sich nicht dazu bringen, sich nach ihm umzudrehen.

»Wenn du denkst, dass wir hier nur Leute verprügeln«, sagte M, als er vor einer polierten Eichentür hielt und sie aufschloss, »hast du es immer noch nicht verstanden.«

»Nein, ich schätze, das habe ich nicht.«

»Oh doch«, versicherte M. Er drehte sich zu David um und lächelte. »Es steckt in dir.«

Katsuya hatte nicht viel Gelegenheit, über Ms Worte nachzudenken, als dieser die Tür öffnete und sie hineinführte. Ms Griff um sein Handgelenk löste sich endlich, als die Tür sich hinter ihnen schloss.

Der Raum war einfach gestaltet, fast schon spartanisch. Es gab keine Möbel außer zwei teuren barocken Sesseln mit Sitzbezügen aus rotem Samt. In der Ecke stand eine etwa ein Meter zwanzig hohe Vase, aus der helle, unbehandelte Holzstöcke herausragten. Er war sich nicht ganz sicher, wofür sie gut sein sollten.

M setzte sich in einen der Sessel und David machte es sich in dem anderen bequem. Katsuya stand ein paar Meter von ihnen entfernt und blickte sie an. Er wusste nicht, was er tun sollte. Es war das erste Mal in seinem Leben, dass er sich so vollkommen hilflos fühlte. Sein offensichtliches Unbehagen ließ Ms Lächeln noch breiter werden und Davids Miene verfinsterte sich weiter.

»Du hast eindeutig zu viel an«, entschied M. Seine Stimme war leise und sanft, doch in dem kleinen Zimmer war sie deutlich zu hören und gebot Aufmerksamkeit.

Ohne Widerspruch knöpfte Katsuya sein Hemd auf. Seine Finger zitterten, als er sich an den Knöpfen zu schaffen machte. Er hielt seinen Blick geradeaus gerichtet, vorbei an David und M, auf einen imaginären Punkt an der weißen Wand.

Während er sich auszog, stieg eine Mischung aus Sinneseindrücken und Emotionen in ihm auf, für die er keinen Namen hatte. Etwas, das er noch nie zuvor erlebt hatte, fügte sich zu etwas Neuem zusammen. Er war nicht sicher, ob es etwas Schreckliches war oder ob er gerade etwas Aufregendes entdeckt hatte. Während er sich auszog und sich seine Kleider zu seinen Füßen sammelten, zitterte Katsuya immer heftiger.

»Du musst das nicht tun«, erinnerte ihn David.

»David, auch du unterliegst den Hausregeln«, mahnte M und hob eine Hand, um ihn zu unterbrechen. »Wenn du dich nicht daran halten kannst …«

David nickte einmal. Zufrieden ließ M den Satz unvollendet im Raum stehen. Katsuya wurde in die Gegenwart zurückgeholt, als M sich vorbeugte und ihm bedeutete fortzufahren. Er schluckte, schlüpfte aus seinem letzten Kleidungsstück und ließ seine Unterwäsche zu Boden fallen.

Die Zeit schien sich auszudehnen. Katsuya musste sich bewusst davon abhalten, seine Blöße zu bedecken, während er gemustert und begutachtet wurde. Obwohl er spüren konnte, wie sein Gesicht vor Scham rot anlief, regte sich tief in seinem Inneren auch ein Gefühl der Befreiung, alles von sich zu offenbaren. Vielleicht wäre es anders gewesen, wenn David nicht wenige Meter entfernt gesessen hätte. Das Wissen, dass er da war, gab Katsuya Kraft. Obwohl er splitterfasernackt war und sein gesamtes Selbst gleich einem völlig Fremden übergeben würde, spürte er nicht die geringste Bedrohung. Eher Gleichgültigkeit. Wie bei einem Arztbesuch, bei dem man sich auszog, um untersucht zu werden.

»Warum bist du hier?«, fragte M. Er beugte sich vor und stützte die Ellbogen auf seine Knie.

Katsuya war nicht sicher, wie er die Frage verstehen sollte, und antwortete nicht.

»Ich weiß, dass du Psychiater bist. Ein sehr gebildeter Mann, der wahrscheinlich aus einem einigermaßen reichen Haushalt stammt. Was suchst du an so einem Ort, bei einem Mann wie mir, das dir dein Leben bisher nicht geben konnte?«

»Mir war nicht bewusst, dass es eine Befragung geben würde oder dass ich splitterfasernackt vor Ihnen würde stehen müssen«, entgegnete Katsuya. Er wusste, wie sarkastisch seine Worte klingen mussten, aber er war einfach nur ehrlich. Er verstand Ms Fragen nicht.

»Du hast keine Vorstellung davon, was ich mit jemandem wie dir wirklich tun will«, sagte M und lachte. »Du bist also, um es mit Davids Worten zu sagen, ›neugierig‹. Ist das korrekt?«

»Zum Teil, ja.«

»Oder will der Intellektuelle in dir die Theorie testen, dass Menschen, die von in den Augen der Gesellschaft asozialem Verhalten angezogen werden, auf irgendeine Weise gestört sind? Vielleicht willst du auch schlicht und ergreifend nur die Endorphine spüren, die durch Schmerz freigesetzt werden?« Er machte eine Pause. »Oder bist du selbst gestört?«

Katsuya konnte sich ein Lächeln nicht verkneifen. »Ich vermute, mein Wunsch, hier zu sein und mich dieser Verletzlichkeit auszusetzen, hat einen anderen Stellenwert für Sie, je nachdem, welche Motive dahinterstecken.«

Einen Augenblick lang ließ Davids Anspannung nach und er hätte fast gegrinst. Ms amüsierter Gesichtsausdruck blieb unverändert.

»Du wirst nicht erfahren, wer du bist und was du willst«, erklärte M schließlich und stand auf, »bis du mit mir allein bist. Ohne David.«

M trat vor, bis er auf Armeslänge an Katsuya herangekommen war. »Diese Erfahrung ist wertlos, wenn du dich an dein Sicherheitsnetz klammerst«, sagte er. »Bei dem, was ich hier tue, geht es nicht darum, Neugier zu befriedigen.«

M beugte sich vor und gab Katsuya einen flüchtigen Kuss auf die Wange. Katsuya stand unbewegt da. Er wusste nicht, was er tun sollte, außer es zuzulassen.

»Komm zu mir, wenn du bereit bist loszulassen«, sagte M. Er drehte sich um und nickte David zu. Dann ging er und ließ sie in einer unbehaglichen Stimmung zurück.

»Gehen wir nach Hause«, sagte David schließlich.

Katsuya sammelte seine Kleider auf und zog sich schweigend an. Ms Worte hallten in seinem Kopf nach. Ihre Bedeutung war völlig klar und sie hatten einen tiefen Eindruck auf Katsuya gemacht, der ihn beunruhigte. Sie wühlten ihn mehr auf, als sie eigentlich sollten. Ein Mann, der ihn erst seit wenigen Minuten kannte, hatte tief genug gegraben, um Selbstzweifel zu wecken, von denen Katsuya nicht einmal selbst gewusst hatte, dass sie in ihm schlummerten.

»Denk nicht zu viel darüber nach«, riet ihm David, der sein Schweigen richtig deutete. »Er ist manipulativ und bösartig, aber er ist auch respektvoll. Er duldet nur vollkommene Zustimmung und absoluten Gehorsam.«

Katsuya hatte sich wieder angezogen, doch das Hemd hing noch aus der Hose und der Gürtel war offen. Er sank in den Sessel, in dem M gesessen hatte, und starrte an die Decke.

»Er hatte recht mit dem, was er gesagt hat«, erklärte Katsuya. »Ich hatte keine Angst, weil du da warst. Ich wusste, dass du mich beschützen würdest. Jede Zustimmung, die ich ihm gegeben hätte, wäre an eine Bedingung geknüpft gewesen.«

»Es geht hier nicht um Angst.«

Katsuya lächelte David an. »Vielleicht nicht nur«, sagte er und küsste David auf den Mund. »Danke, dass du mich hergebracht hast. Auch wenn eigentlich nichts passiert ist, war das eine sehr erhellende Erfahrung.«

David sah auf seine Uhr. »Es ist immer noch dein Geburtstag«, bemerkte er. »Aber trotzdem hole ich mir heute Nacht, was mir zusteht.«

***

Es war schon nach fünf, als Katsuya sich widerwillig aus Davids warmer Umarmung löste. Er musste nach Hause. Ihm blieben nur noch anderthalb Stunden, um zu duschen, sich anzuziehen und zur Arbeit zu fahren. David selbst würde auch in einer halben Stunde aufstehen müssen. Er setzte Kaffee auf, zog sein zerknittertes

Hemd und die Hose wieder an und lieh sich einen von Davids Thermobechern, um sich einen Kaffee mit auf den Weg zu nehmen.

Der Wachmann von Katsuyas Wohnkomplex wünschte ihm einen guten Morgen, als er ihn aus dem Taxi steigen sah.

»Heiße Nacht?«, kommentierte der untersetzte alte Mann und wollte Katsuya anscheinend zuzwinkern. Doch stattdessen blinzelte er einfach nur.

»Ja«, entgegnete Katsuya knapp.

»Kommen Sie bitte mal mit«, sagte der Mann. Er verließ seinen Posten am Haupteingang und trat vor Katsuya. Sie gingen ein paar Meter zu dem Empfangstresen, der gleichzeitig auch als Überwachungsstation diente. Der Mann beugte sich darunter.

»Vor ein paar Stunden ist etwas für Sie angekommen«, erklärte er, während er in den Regalen unter dem Tresen kramte.

»Von wem?«

»Ein Kurierdienst. Keine Ahnung. Ich hab nur den Empfang quittiert.«

Der alte Mann richtete sich wieder auf und hielt ein dünnes Päckchen, das in einfaches braunes Packpapier eingeschlagen war, in der Hand. Es hatte keine Aufkleber oder sonstigen Beschriftungen. Katsuya nahm es entgegen und dankte ihm.

Katsuya betrachtete das Päckchen einen Augenblick lang. Er musterte die sorgfältige Verpackung. Es hatte ein ordentliches Gewicht und wenn er es schüttelte, konnte er nur hören, wie etwas in der Schachtel leise herumrutschte. Er ließ es auf dem Küchentresen liegen und öffnete es erst, nachdem er geduscht hatte und im Bademantel wieder in die Küche getrottet war.

Unter dem einfachen Packpapier verbarg sich eine kunstvoll verzierte Schachtel, deren Metalleinfassung mit einem aufwendigen Muster ziseliert war. Er öffnete sie. Gebettet auf eine Lage weißen Stoffs lag darin ein silbernes Halsband. Eine handgeschriebene Klappkarte steckte darunter.

Er fuhr mit dem Finger die Kontur des Halsbands nach, bevor er es aus der Schachtel nahm. Der Ring wurde lose von einem Riegel zusammengehalten, der mit einem Schlüssel geschlossen werden musste. Das Halsband war schlicht. Keine Aufschrift. Keine Verzierungen. Es gab nicht einmal eine Öse, an der man eine Kette hätte festmachen können.

Er schlug die Nachricht auf. In schwarzer Tinte war eine Telefonnummer notiert worden und in der Ecke stand der Buchstabe M. Während Katsuya sie betrachtete, stand ihm die vergangene Nacht wieder deutlich vor Augen. Unbewusst hatte sich ein Lächeln auf sein Gesicht geschlichen.

Was sind Ihre *Motive, M?*

Katsuya schüttelte den Kopf, als müsste er ihn von den unerwünschten Gedanken befreien, die in diesem Moment auf ihn eindrangen. Er las die Nachricht noch einmal, bevor er sie in die Tasche seines Bademantels steckte und ins Schlafzimmer ging, um sich anzuziehen.

Kapitel 1

»Du schweigst dich schon ziemlich lange aus«, sagte Katsuya schließlich.

David hielt immer noch seine Tasse umklammert, obwohl sein Kaffee längst kalt geworden war. Er nickte nur, stand vom Sofa auf und ging in die Küche, um ihn wegzuschütten. Katsuya nippte an seinem Tee und lauschte, wie David im Kühlschrank wühlte und Glasflaschen klirrten, während eine aus dem Papp-Sixpack gerissen wurde. Als David ins Wohnzimmer zurückkam, trank er bereits.

»Vielleicht kann ich nach ein paar Bier dem verwirrenden Knäuel von … irgendwas, das sich in meinem Inneren zusammengeballt hat, besser Ausdruck verleihen.«

David setzte sich wieder und nahm noch einen großen Schluck aus seiner Flasche.

»Bist du wütend?«, fragte Katsuya.

David zuckte mit den Schultern. »Jetzt gerade noch nicht. Aber das kommt noch. Da bin ich sicher.«

Ein paar Minuten vergingen in Stille. Nachdem er sein Bier ausgetrunken hatte, ging David, um sich ein neues zu holen.

»Was wirst du tun?«, fragte David, als er zurückkam und sich mit der zweiten Flasche wieder aufs Sofa setzte. »Vielleicht sollten wir damit anfangen.«

»Ich bin nicht sicher.«

»Ich glaube, ich wäre ausgerastet, wenn du mir nicht davon erzählt hättest.«

»Weil ich dich damit in gewisser Weise betrogen hätte?«

»Nein.« David schüttelte den Kopf. »Zumindest nicht im eigentlichen Sinn. Eher weil du davon ausgegangen wärst, dass ich nicht zustimme, und deswegen einfach getan hättest, was du willst, ohne mir ein Wort zu sagen.«

»Würdest du denn zustimmen? Jetzt, wo ich dir das alles gezeigt habe und dich darum bitte?«

David riss seinen Blick von der offenen Schachtel mit dem makellos polierten Silberreif los, der unter dem hellen Licht der Esszimmerlampe funkelte. Sein Stirnrunzeln vertiefte sich. »Nein«, erwiderte David geradeheraus. »Und zwar nicht, weil ich dir nicht vertraue, sondern weil ich ihn kenne und weiß, wozu er fähig ist.«

Katsuya stellte seine Tasse auf ihre Untertasse auf dem Tisch und lehnte sich zurück. Er war neugierig, auch wenn er versuchte, es nicht zu zeigen. David war aufgebracht und bemühte sich, seine Stimme und sein Temperament im Zaum zu halten. »Bist du wütend, weil er mir diese Einladung geschickt hat?«

»Ja«, sagte David. »Ich weiß, dass er neugierig ist, weil er gesehen hat, dass du mir etwas bedeutest. Ich will von mir selbst glauben, dass ich ein sehr freigiebiger und verständnisvoller Partner bin für diejenigen, mit denen ich zusammen bin. Du bist nicht mein Eigentum, gleichzeitig gefällt mir aber das Gefühl nicht, dass jemand in mein Territorium eindringt.«

»Dann denkst du also, es geht hier eher darum, dass er dich ärgern will, als dass er echtes Interesse an mir hat?«

David zuckte mit den Schultern. »Es ist möglich«, antwortete er. »Es ist nicht unwahrscheinlich, dass jemand wie er mehr Befriedigung daraus zieht, mit meinem Kopf zu spielen als mit deinem Körper.«

»Und es wäre noch beleidigender gewesen, wenn er das ...«, fragte Katsuya und deutete auf das Halsband, »... mit dir verhandelt hätte, statt mit mir?«

»Natürlich«, bestätigte David. »Aber das spielt jetzt keine Rolle mehr, weil er dir dieses Ding geschickt hat, nur Stunden nachdem er dich kennengelernt hat.«

David zog eine Ausgabe des *LIFE Magazine* aus dem Fach unter dem Beistelltisch und stellte seine Bierflasche darauf ab.

»Dieses Halsband wird getragen, damit die anderen wissen, dass nur er dich anfassen und mit dir spielen darf. Damit markiert er seinen Besitz und gleichzeitig gehst du einen Vertrag mit ihm ein, sobald du es anlegst«, erklärte David. Er lehnte sich auf seinem Platz zurück. »Ich glaube immer noch, dass du das, was du an diesem Abend gesehen hast, idealisierst. Einige Leute wollen andere benutzen. Einige wollen von anderen benutzt werden. Dass Ms Villa nur ein schicker Ort ist, an dem dieser Machtaustausch stattfindet, und anschließend gehen alle einfach nach Hause und machen sich für ihre tägliche Arbeit am nächsten Tag fertig. Ohne Ballast. Nur eine interessante Erinnerung und ein paar blaue Flecken als Andenken.«

»Aber soll es nicht genau das sein? Eine vorübergehende Fantasie?«

»Für viele von ihnen, ja. Aber einige Leute … sie werden von diesem Lebensstil angezogen, weil es sie körperlich erregt, anderen Schmerz zuzufügen. Sadisten im eigentlichen Sinne. Für sie liegt der Sinn ihres Lebens darin, etwas zu zerbrechen und es dann nach ihren eigenen Vorstellungen wieder zusammenzusetzen. Und sie wissen, wie sie dich dazu bringen zu glauben, dass du das auch willst.«

»M ist also ein Sadist?«

»Definitiv«, bestätigte David. »Und zwar die schlimmste Sorte. Er zieht nicht nur Befriedigung aus dem Schmerz anderer …«

David verstummte. Auf seinem Gesicht lag ein frustrierter Ausdruck, während er nach den Worten suchte, die nicht kommen wollten. Schließlich seufzte er resigniert und senkte seine Stimme, sodass sie zu seiner Verzweiflung passte.

»Ich kann gar nicht genug betonen, wie gefährlich das ist«, sagte David. »Tief in mir drin weiß ich, je mehr ich auf dich einrede, dass du dich von der Sache fernhalten sollst, desto mehr

Reiz übt sie auf dich aus. Ich verstehe das. Wenn man etwas nicht haben kann, will man es nur umso dringender. Aber ich bilde mir ein, dass ich euch beide gut genug kenne, um zu wissen, was passiert, wenn zwei gleiche Kräfte aufeinanderprallen.«

Eine Pause entstand. David griff nach seinem Bier, trank aber nicht. Er beobachtete, wie das Kondenswasser an der Flasche herunterlief und sich an seinem Finger sammelte, bevor er weitersprach.

»Nein, nicht wirklich gleich. Er wird dich zerstören.«

»David ...«, begann Katsuya. Er hatte das Bedürfnis, sich zu verteidigen, auch wenn er nicht genau sagen konnte, warum. Er wusste nicht, wie er fortfahren sollte. Er wusste, dass David ehrlich zu ihm war und dass er höchstwahrscheinlich recht hatte.

»Das ist für ihn kein Spiel«, betonte David. »Es gibt zwei Möglichkeiten, was passiert, wenn er mit dir fertig ist: Entweder genießt du die Erfahrung und wirst so wie meine Ex – jemand, der sich selbst aufgibt und nur aufblühen kann, wenn ihm jemand eine neue Identität gibt – oder ...«

»Ich gehe davon aus, dass das nur passieren würde, wenn ich diese Neigungen ohnehin schon hätte«, unterbrach ihn Katsuya.

»Guter Punkt«, gab David zu. »Aber was, wenn es einfach leichter ist? Und du durch ihn zu dieser Erkenntnis kommst?«

»Dann hätte das von Anfang an in meiner Natur gelegen.«

»Das bedeutet aber nicht, dass es das besser macht. Wir bekämpfen permanent unsere eigene Natur, um zu sein, wer wir sein wollen.«

Katsuya nickte. »Und die zweite Möglichkeit?«

»Du wirst gebrochen. In so viele Einzelteile, dass ich nicht glaube, dass du dich je wieder vollständig fühlen wirst.«

»Du bist also überzeugt, dass er gewinnen wird?«

»Ja«, antwortete David und trank. Er leerte die Flasche und stellte sie wieder auf die Zeitschrift. »Aber das ist kein Wettbewerb.«

Katsuya stand auf und setzte sich auf Davids Schoß. Er schlang die Arme um seinen Nacken und zog ihn an seine Brust. »Es tut mir leid, dass ich dir Sorgen bereite«, sagte er.

David legte die Arme um seine Taille und sie hielten einander für lange Zeit schweigend fest. Doch Katsuya wusste, dass die Spannung zwischen ihnen sich nicht aufgelöst hatte und dass die Geste David nicht beruhigt hatte. Davids Körper war noch immer angespannt – die Arme, die ihn umschlangen, hielten ihn zu fest.

»Ich glaube, wir haben eine dritte Möglichkeit außer Acht gelassen«, sagte Katsuya, strich David die Haare aus der Stirn und drückte ihm einen Kuss auf. »Ich könnte auch die Ausnahme sein und nicht die Regel.«

»Es gibt keine dritte Möglichkeit«, entgegnete David und blickte zu Katsuya auf. »Bitte glaub mir.«

Katsuya zwang sich zu einem Lächeln und lehnte seine Stirn an Davids.

»Unterschätz mich nicht, David«, mahnte er. »Das tun immer alle.«

Kapitel 2

Katsuya bewahrte den kleinen, gefalteten Zettel in einem Fach seines Aktenkoffers auf, obwohl er ihn nicht brauchte. Er hatte ihn so oft aufgeklappt und die Zahlenkolonne darauf gelesen, dass er sie auswendig konnte. Den Zettel und die Zahlen darauf anzusehen führte immer wieder zu einer Diskussion mit sich selbst. Für gewöhnlich endete sie damit, dass er den Zettel wieder zusammenfaltete und in das kleine Fach steckte.

Doch nicht dieses Mal.

Er betrachtete mit einer seltsamen Faszination seine Finger, während er die Ziffern auf dem glatten Display seines Handys eintippte. Er zögerte einige Augenblicke, bevor er beschloss, die Wähltaste zu drücken, und atmete dann ein paarmal tief durch, während er dem Freizeichen lauschte.

Er wusste nicht, wer ans Telefon ging, aber es war mit Sicherheit nicht M. Vielleicht ein Assistent. Ein Mann mit einer sanften Stimme erklärte ihm einfach nur, dass M sich bald bei ihm melden würde. Die Unterhaltung hatte gerade einmal vierundzwanzig Sekunden gedauert, wie ihm die Anzeige verriet, als er schließlich auflegte. Er fühlte sich wie ein dummes Kind und spürte gleichzeitig Wut in sich aufsteigen, als er den Zettel noch einmal ansah, bevor er ihn in den Mülleimer neben seinem Schreibtisch warf.

An diesem Nachmittag hinterließ ein Kurier einen Umschlag beim Diensthabenden am Empfang, während er bei einem Patienten war. Darin befand sich eine Karte, auf der in einer ordentlichen

Handschrift mit schwarzer Tinte die Adresse des New York Plaza Hotels vermerkt war und eine Verabredung, zwei Stunden nachdem der Umschlag geliefert worden war. Ein Separee in dem Restaurant im einundfünfzigsten Stock war für ihr Treffen reserviert.

***

Ein vertrautes Gefühl überkam Katsuya, als er den kleinen Raum betrat und sein Blick den von M traf. Katsuya nickte ihm kurz zu, nachdem M ihn mit einem angedeuteten Lächeln begrüßt hatte.

M trug einen teuren, maßgeschneiderten dunklen Anzug mit einer roten Seidenkrawatte. Sein blondes Haar hatte er zurückgekämmt und mit einem goldenen Haarband zusammengebunden. Obwohl er in dieser förmlichen Kleidung deutlich weniger einschüchternd wirkte, hatte er immer noch den Ausdruck eines Raubtiers in den Augen und ein wissendes Lächeln auf den Lippen.

»Danke, dass Sie mich empfangen«, sagte Katsuya, zog einen Stuhl heraus und setzte sich.

Er bekam ein leichtes Schulterzucken zur Antwort.

Ein adrett gekleideter, älterer Kellner kam herein und schob einen silbernen Servierwagen vor sich her. Er sagte kein Wort und blickte weder M noch Katsuya an, während er frischen Kaffee aus einer weißen Porzellankanne mit Goldrand in zwei dazu passende Tassen goss. In die Mitte zwischen die beiden Männer stellte er ein kleines Kännchen mit Milch und eine Zuckerdose. Dann wünschte er ihnen einen schönen Tag und ging. Den Servierwagen und die Kaffeekanne ließ er zurück. M war der Erste, der seine Tasse zur Hand nahm und trank.

»Weiß David, dass du hier bist?«

Katsuya zog seine Tasse zu sich heran und trank. Er konnte sich ein Lächeln über Ms Frage nicht verkneifen. »Denken Sie, ich wäre in einer Beziehung mit jemandem, von dem ich mir erst eine Erlaubnis einholen muss?«

M lachte.

»Er weiß, dass Sie mir das Halsband geschickt haben«, fuhr Katsuya fort. »Er weiß nicht, dass ich Sie kontaktiert habe oder dass wir uns treffen.«

»Also«, begann M, stellte seine Tasse ab und lehnte sich zurück, »hat er dich wahrscheinlich vor mir gewarnt.«

»Das hat er.«

Es entstand ein Moment des Schweigens. Einige Augenblicke starrten sich die beiden Männer an, um einander einzuschätzen.

»Worüber möchtest du reden?«, fragte M schließlich und nahm seine Tasse wieder auf.

»Auch wenn Sie reine Neugier generell nicht befriedigen, bin ich doch neugierig«, sagte Katsuya. »Warum haben Sie mir das Halsband geschickt?«

»Meine Absichten sind offensichtlich«, erwiderte M. »Im Gegensatz zu deinen.« Er stellte die Tasse wieder auf die Untertasse und setzte sich gerade auf. Das höfliche Lächeln verschwand von seinem Gesicht. »Ich verschwende nicht gern meine Zeit. Ich will, dass du meine Fragen beantwortest, wenn ich sie stelle.«

»Sie sind ein Fremder. Warum glauben Sie, dass ich Ihnen meine Geheimnisse anvertrauen werde?«

»Aus denselben Gründen, aus denen du hier bist. Wenn dich meine Geste wirklich beleidigt hätte, hättest du mir das Halsband zurückgebracht und vielleicht sogar David als Unterstützung mitgenommen, damit er an der Tür Wache stehen kann.«

Katsuya fuhr immer wieder mit dem Finger über den Rand seiner Tasse, während er über seine Antwort nachdachte.

»Du willst wissen, wie es ist, jemandem bedingungslos die Kontrolle zu überlassen, der sie ganz an sich reißt. Jemandem, der das nicht aus Liebe zu dir tut – denn Liebe selbst ist auch eine Bedingung, korrekt?«

Katsuya musste über Ms Worte lächeln.

»Ich habe Hunderte wie dich getroffen«, erklärte M. »Dasselbe hübsche Äußere und dahinter ein zerstörtes Inneres.«

»Die nach jemandem wie Ihnen suchen, der sie von diesem inneren Verfall befreien kann?«, fragte Katsuya.

»Nein«, antwortete M. »Die nach jemandem wie David suchen, der die Haarrisse zusammenhält, damit sie nicht zerbrechen.«

Katsuyas Lächeln verblasste nicht. Er war ernsthaft fasziniert, auch wenn er der Überzeugung war, dass er beleidigt sein sollte. Er nahm noch einen Schluck Kaffee. Er war immer noch heiß und verbrannte ihm die Zunge.

»Also, was wollen Sie von mir?«, fragte Katsuya. »Mich verletzen und sehen, wie ich unter Schmerzen aussehe? Hören, wie meine Stimme klingt, wenn ich bettle?«

M lachte. »Schmerz ist nur ein Auslöser«, erklärte er. »Wenn er richtig angewandt wird … kann er einen Menschen verändern.«

»Wollen Sie mich verändern?«

Die Frage hing zwischen ihnen in der Luft. Sie wurde nicht beantwortet.

M schob seinen Stuhl zurück und stand auf. Er richtete seinen Anzug, zog sorgfältig die Ärmel glatt und strich die Falten von seinem Schoß. Makellos. Er trat hinter seinen Stuhl und umrundete den Tisch, bis er ein paar Schritte von Katsuya entfernt stehen blieb und auf ihn hinabblickte.

»Wir können später reden«, sagte M, während er seine Hand ausstreckte. Katsuya betrachtete sie und die beiden aufwendigen Ringe, die seinen Mittel- und Ringfinger schmückten. Das Design des Rings an seinem Mittelfinger entsprach der Gravur auf der Schachtel, in der das Halsband geliefert worden war. »Bevor ich mehr von meiner Zeit für … das hier aufwende, muss ich wissen, wie tiefgreifend deine – nennen wir es erst mal ›Neugier‹, bis wir ein besseres Wort finden – wirklich ist.«

Plötzlich wurde Katsuyas Kehle trocken und einige Augenblicke lang konnte er sich nicht dazu bringen, sich zu bewegen. Seine Hand zitterte, als er sie hob, um sie in Ms zu legen. Eine seltsame Mischung aus Angst und Aufregung durchfuhr ihn, als M seine Hand ergriff. Es lag eine unwiderstehliche Macht in der Art, wie die Wärme von Ms Handfläche seine Finger umschloss.

Katsuya wartete in der Lobby, wie M ihn angewiesen hatte. Gelegentlich blickte er auf das Handy, das er aus seiner Tasche gezogen hatte. David war seit heute Morgen um sieben nicht im Büro gewesen. Mike hatte ihm erzählt, dass er einen Mehrfachmord auf der Westside bearbeitete. Schuldgefühle überkamen ihn, als er an David dachte, während er auf dem weichen Ledersofa saß – und auf den Mann wartete, vor dem David ihn eindringlich gewarnt hatte.

Ich bin ein solcher Mistkerl! Warum tue ich das?

Diese Frage wühlte schreckliche Gefühle in ihm auf, aber er konnte sich nicht dazu bringen, aufzustehen und zu gehen. Er tadelte sich selbst innerlich, bis M kam und ihm bedeutete, ihm zu folgen. Er umklammerte sein Handy, während er das tat, und blieb immer zwei Schritte hinter ihm auf dem Weg zu einem privaten Aufzug, der sich hinter mehreren Türen befand, die M mit einer Schlüsselkarte öffnete.

»Wenn wir das Zimmer erreicht haben«, erklärte M, als die Fahrstuhltüren sich öffneten, »darfst du keinen Rückzieher mehr machen.«

Katsuya nickte nur und trat in den Fahrstuhl aus Glas und Marmor. M steckte die Schlüsselkarte in den Schlitz und drückte auf den obersten Knopf. Er hatte die Mastersuite genommen, die sich entlegen im obersten Stockwerk des Hotels befand.

»Es gibt kein Safeword«, fuhr M fort und hielt seinen Blick auf die goldene Anzeigetafel gerichtet. »Ich entscheide, wann es dir gestattet ist aufzuhören. Verstanden?«

Er blickte hinüber zu Katsuya und in seinem Gesicht lag keinerlei Wärme. Das übliche Lächeln war verschwunden. Für einen Moment fand Katsuya, dass er wie ein Monster wirkte. Etwas, das unter seinem Bett hervorgekrochen war.

»Ist das ein Test?«

»Du kannst es nennen, wie du willst«, entgegnete M und streckte seine Hand aus. »Wie ich bereits sagte, verschwende ich nicht gern meine Zeit. Gib mir dein Telefon.«

Katsuya zögerte und rührte sich nicht. Der Fahrstuhl hielt an. Selbst als sich die Türen öffneten, klammerte sich Katsuya immer noch an sein Handy.

»Ich muss der Einzige sein, nach dem du rufst«, erklärte M sanft. »Du musst mir voll und ganz vertrauen. Wenn du dich nicht überwinden kannst, deine Verbindung zu David … zur Außenwelt aufzugeben, während wir hier sind, fahren wir einfach wieder nach unten. Dann trennen sich unsere Wege und werden sich nie wieder kreuzen.«

Der Moment dauerte lange genug, dass die Fahrstuhltüren sich wieder schlossen, doch der Aufzug setzte sich nicht in Bewegung. Eingesperrt auf diesem engen Raum lasteten Ms Worte schwer auf ihm. Fast gegen seinen Willen legte er sein Telefon in Ms Hand.

»Guter Junge«, sagte M und belohnte ihn mit einem angedeuteten Lächeln. Er drückte den Kopf, um die Türen zu öffnen, und als wollte er verhindern, dass er es sich noch einmal anders überlegen konnte, nahm M nun seine Hand und zog ihn hinter sich her, wie er es bei ihrer ersten Begegnung getan hatte. Doch dieses Mal war es anders. Ms Griff war nicht fest, er hielt seine Hand nur, um ihn zu führen.

Erst als sie die Suite betraten und M das Licht einschaltete, das die Weitläufigkeit und Eleganz des Zimmers offenbarte, ergriff Katsuya das Wort. »Warum sind wir nicht in Ihrem Haus?«

M zog sein Jackett aus. »Ich muss nicht an einem bestimmten Ort, umgeben von bestimmten Gegenständen sein, um zu tun, was ich tue«, erwiderte er.

»Bevor wir anfangen … muss ich wissen …«, begann Katsuya und sah zu, wie M sein Jackett aufhängte. Er unterbrach sich.

»Ob Sex ein Teil des Prozesses ist?«, sprach M es für ihn aus. Er löste seine Manschettenknöpfe und knöpfte seine Ärmel auf, während er auf einen Sessel neben dem Panoramafenster zuging. Er legte die silbernen Knöpfe auf einen kleinen gläsernen Beistelltisch und machte es sich in dem Ledersessel bequem.

»Ich werde keinen Sex mit Ihnen haben«, erklärte Katsuya.

M lächelte nur. »Ausziehen«, sagte er. Dieses eine Wort war bestimmt und ließ keinen Widerstand zu. Erneut fühlte Katsuya sich verunsichert. Er hinterfragte, warum er überhaupt hier war und was er eigentlich wollte. Er war sich nicht bewusst, dass er immer wieder langsam seine Fäuste ballte und öffnete.

»Sie haben meine Frage nicht beantwortet«, beharrte Katsuya.

M stützte sich auf eine Armlehne und schlug die Beine übereinander. »Da das hier dein erstes Mal ist, werde ich dir das noch mal durchgehen lassen«, mahnte er schließlich. »Wenn ich deine Frage beantwortet habe, wirst du begreifen, wo dein Platz ist – selbst wenn diese Lektion die schwerste deines Lebens ist.«

Eine Pause entstand. Die Stille zwischen ihnen war greifbar, erdrückend.

»Hier geht es nicht um Sex, wie du ihn kennst«, erklärte M. »Wenn ich dich ficke, geht es um Besitz. Es geht darum, dass du mir gehörst und dass du es nicht nur zulässt, sondern dass du es brauchst wie die Luft zum Atmen. Es geht nicht um Liebe. Es geht um nichts, dem du instinktiv einen Namen geben willst. Wenn ich dir Schmerz zufüge oder dich befriedige, hat das keine andere Bedeutung, als dass es das ist, was ich dich fühlen lassen will.«

Ms Worte waren erstaunlich präzise und doch fiel es Katsuya schwer, sie zu begreifen. Sie durchfuhren sein gesamtes Selbst, wie eine Droge, die er nie zuvor ausprobiert hatte. Er war mit den Gedanken woanders, auch als M ihn erneut aufforderte, sich auszuziehen, und er begann, sich zu entkleiden.

Seine Bewegungen waren mechanisch und das Schweigen war unerträglich. Nur das Rascheln seiner Kleider, während er sie auszog und sie in einem unordentlichen Haufen zu Boden fallen ließ, durchbrach die Stille. Als er sich immer weiterer Kleidungsstücke entledigte und die kühle Luft der Klimaanlage seine nackte Haut traf, erkannte er, dass er vor Angst zitterte. Es war eine Form von Angst, von der er nicht wusste, wie er sie kontrollieren sollte.

»Komm her«, sagte M mit sanfter, zärtlicher Stimme.

Seine Beine bewegten sich wie von selbst, bevor Katsuya sich des Befehls überhaupt bewusst geworden war. Einen Schritt nach dem anderen legte er zurück, bis er auf Armeslänge vor M stand.

M schlug die Beine auseinander und bedeutete Katsuya, sich hinzuknien. Er gehorchte. Der polierte Marmor schmerzte an seinen Knien, als sein gesamtes Gewicht auf ihnen ruhte, und sein Zittern verstärkte den Effekt nur.

M beugte sich vor und nahm Katsuyas Gesicht in die Hände. Ihre Wärme wirkte beruhigend. M hielt ihn fest und strich immer

wieder mit seinen Daumen über seine Wangenknochen, direkt unter seinen Augen.

»Ab sofort wirst du nicht mehr sprechen«, sagte M. »Nicht, bis ich das hier beende und es dir gestatte.«

Katsuya stieß durch seine geöffneten Lippen ein Seufzen aus. Seine gesamte Aufmerksamkeit ruhte auf Ms stechend blauen Augen, die einen seltsamen Kontrast zu seinem restlichen Äußeren bildeten. Auch wenn M eine Maske der Gleichgültigkeit trug und seine Worte kalt und kryptisch waren, meinte Katsuya, eine Zuneigung in diesen Augen zu erkennen, die ihn an David erinnerte.

Der Gedanke an David ließ ihn zusammenzucken, was M nicht entging. Die Hand, die sein Gesicht hielt, packte ihn fester. »In diesem Moment existiert auf dieser Welt niemand mehr außer dir und mir«, sagte er. »Vertrau mir und ich gebe dir alles, was du willst. Das verspreche ich dir.«

Katsuya nickte kaum merklich.

Nach ein paar Augenblicken ließ M ihn langsam los. Er stand auf und zog Katsuya mit sich auf die Beine. Er führte ihn aus dem Wohnzimmer ins Schlafzimmer.

Das Licht ging an. Der Raum war hell erleuchtet und offenbarte eine Opulenz, die schon fast an Geschmacklosigkeit grenzte. Er war ausgestattet mit einem Himmelbett mit hochwertigen Stickereien auf dem Baldachin. Es war aus gebeiztem dunklem Kirschholz, das mit der waldgrün-goldenen Tagesdecke harmonierte, die farblich auf die Vorhänge abgestimmt war, die auf beiden Seiten des Betts zurückgebunden waren. An der Fensterfront, die eine fantastische Aussicht auf die Stadt unter ihnen bot, befand sich ein Whirlpool. Eine Schrankwand, ebenfalls aus dunklem Kirschholz, in deren Türen aufwendige Muster geschnitzt waren, beherbergte vermutlich den Fernseher und andere Geräte.

Katsuya erhielt den Befehl, sich an den beiden Bettpfosten am Fußende festzuhalten. M verschwand in einem angrenzenden Zimmer. Minuten später kehrte er mit zwei Fesseln zurück. Es handelte sich um die Gürtel der Bademäntel.

Erneut fing Katsuya an zu zittern, als M eine der Fesseln aus einem Seiden-Baumwoll-Gemisch um sein Handgelenk wand. Er konnte nicht einmal zusehen, wie sie schnell festgeknotet und das andere Ende oben am Bettpfosten befestigt wurde. Sein Arm wurde nach oben gezerrt – so weit, dass Katsuya auf den Zehenspitzen stehen musste. Das andere Handgelenk wurde auf die gleiche Weise an den anderen Pfosten gebunden und nach oben gezogen. Als M zurücktrat, spürte Katsuya, wie sich seine Oberschenkel anspannten und sich sein gesamter Körper in der ungewohnten Position versteifte.

M fuhr mit der Hand über seinen Hintern und folgte dann seiner Wirbelsäule vom Nacken bis zum Steißbein.

»Willst du einen Knebel?«

Die Frage erschreckte ihn, aber Katsuya atmete tief durch und schüttelte den Kopf.

»Guter Junge«, lobte M. Er streichelte noch einmal über Katsuyas Rücken, bevor er zurücktrat.

Katsuya hörte, wie ganz leise eine Gürtelschnalle klirrte. Er atmete tief durch und versuchte, sich zu beruhigen, während sich ihm die Kehle zuschnürte und sich sein Magen verknotete. Er hatte nicht viel Zeit, um sich mental vorzubereiten, bevor ihn der erste scharfe Schmerz durchfuhr.

Der Hieb traf ihn mitten im Rücken. Er konnte es deutlich spüren. Ein weiterer folgte und dieses Mal konnte er hören, wie das Leder durch die Luft pfiff. Der scharfe Schmerz fühlte sich an wie eine Klinge und hinterließ ein schreckliches Brennen. Er wusste nicht, ob er schrie. Er war sich nur noch des Schmerzes bewusst und wie er ihn langsam innerlich aushöhlte und nur ein loderndes Feuer zurückließ.

Er wand seine Hände in dem verzweifelten Versuch, sich aus den Fesseln zu befreien. Der lederne Gürtels fand sein Ziel jedes Mal und der Schmerz überlagerte sich, bis er das Gefühl hatte, ohnmächtig zu werden. Er erkannte nur, dass die Peitschenhiebe aufgehört hatten, weil er sie nicht mehr hören konnte.

Ms warme Hand fühlte sich auf seinem Rücken nun kühl an, als er bedächtig über die dicken Striemen strich, die teilweise von roten Malen durchkreuzt wurden, wo der Gürtel die Haut aufgerissen hatte.

»Du hast nicht gebettelt«, sagte M und küsste Katsuya auf die Schläfe. »Ich bin sehr stolz auf dich.«

Katsuya war außer Atem und auch wenn er sich nicht sicher war, glaubte er, geweint zu haben.

»Noch ein bisschen mehr«, flüsterte M in sein Ohr, »und dann bekommst du eine Belohnung.«

Die Worte hatten einen metallischen Klang und waren ganz weit weg. Sie ergaben nicht viel Sinn, aber als der Schmerz zurückkehrte, war das noch schlimmer – und das war alles, was er wahrnehmen konnte.

Der Gürtel grub sich in die Rückseiten seiner Oberschenkel. M schlug härter und schneller zu, in einem gleichmäßigen Rhythmus, der das Echo der Hiebe wie einen lang gezogenen Donnerschlag klingen ließ. Wieder und wieder schlug er zu, bis die Geräusche aufhörten, irgendeine Bedeutung für Katsuya zu haben, und er nur noch Schmerz kannte. Es gab nichts anderes mehr.

Katsuyas Augenlider flatterten auf, als er schließlich doch etwas anderes spürte – die Wärme von Ms Körper drängte sich von hinten gegen ihn und hüllte ihn ein. Dieses Mal stand etwas Neues in diesen Augen, etwas fast … Animalisches. Wahnsinniges.

M drückte seine Lippen auf Katsuyas und Ms Zunge berührte seine. Vielleicht war es reiner Instinkt, der Katsuya dazu brachte, den Kuss zu erwidern. Ms Kleidung fühlte sich auf seiner geschundenen Haut rau an, doch er wollte seine Wärme spüren, selbst wenn es schmerzte. Nach kürzester Zeit zog M sich wieder zurück.

»Halt noch ein bisschen durch«, sagte M zu ihm.

Erneut traf ihn der Gürtel. Dieses Mal versuchte Katsuya, sich auf die Sinneseindrücke zu konzentrieren, den Schmerz, der sich in seinen Rücken und seine Oberschenkel fraß – er war unerträglich und doch hielt sein Körper ihm stand. Auch sein Drang, an den Fesseln zu zerren, war verschwunden. Vielleicht hatte er irgendwo unterbewusst verstanden, dass es keine Rolle spielte. Nichts, was er tat, spielte eine Rolle.

Er zählte fünfzehn Hiebe. Dann hörten sie auf. M warf den Gürtel, den er benutzt hatte, auf das Bett, nur ein paar Meter entfernt. Katsuya betrachtete ihn mit unbeteiligter Faszination, während M die Knoten um seine Handgelenke und die Bettpfosten löste.

Als die Fesseln gelöst waren und sein Körper nicht länger gestreckt wurde, sank er auf die Knie. Er wusste nicht, warum, doch er saß auf dem Boden und weinte. Seltsamerweise kam er sich dabei nicht lächerlich vor. Es war ihm egal.

»Aufs Bett«, befahl M streng.

Katsuya wischte sich mit den Handballen die Tränen von den Wangen und blickte zu M auf. Ohne ein Wort zog er seine Beine unter sich und brauchte all seine verbliebene Kraft, um aufzustehen. Dann setzte er sich auf die Bettkante. Der Gürtel lag gleich neben seiner Hand.

»Weinst du wegen der Schmerzen?«, fragte M und hob den Gürtel wieder auf. Er faltete ihn zusammen. Er wirkte belustigt, als er die Frage stellte. »Du darfst mir antworten.«

»Nein«, war das Einzige, was Katsuya sagte.

M beugte sich zu ihm und küsste ihn – ein flüchtiger Kuss auf den Mund. »Das machst du gut«, lobte er und drückte den gefalteten Gürtel gegen Katsuyas Unterlippe.

Katsuya blinzelte. Er wusste nicht, ob er darauf antworten sollte.

»Du bist wunderschön so …«, sagte M und leckte mit der Zungenspitze über Katsuyas Wange. »Nackt. Verletzt. Offen.«

Wieder drückte er seine Lippen auf Katsuyas und dieses Mal war der Kuss sehr intensiv. Er bewegte seine Zunge langsam und liebkosend, während er Katsuya auf die Matratze drückte. Die Seidendecke fühlte sich auf seiner Haut kühl an – ein herrliches Gefühl. Es fühlte sich sogar noch besser an, als M ein Bein über ihn schwang und sich auf seinen Schoß setzte. Seine Knie zwängten seine Hüften ein.

Als M den Kuss löste, war Katsuya außer Atem und verspürte ein Verlangen, das er nicht benennen konnte. Der Schmerz und das Brennen, die die Leere in seinem Inneren ausgefüllt hatten, waren abgeebbt. Er brauchte etwas – irgendetwas –, um sie erneut auszufüllen. Dabei war ihm sogar egal, welchen Preis er dafür zahlen musste. Er öffnete seinen Mund, um zu sprechen, doch M legte einen Finger auf seine Lippen, um ihn zum Schweigen zu bringen.

Er band Katsuyas Handgelenke an die Pfosten am Kopfteil des Betts und als er fertig war, kniete er sich wieder über ihn. »Bald«, flüsterte er, als hätte er die unausgesprochene Bitte verstanden. Er lächelte Katsuya noch einmal an, bevor er sich aufrichtete und den gefalteten Gürtel erneut hob.

Dieses Mal bewegte er sich so langsam, dass Katsuya zusehen konnte, wie der Gürtel durch die Luft fuhr und seinen Bauch traf. Er unterdrückte den Schrei, der ihm fast entfahren wäre. Doch schon traf ein weiterer Hieb seine Brust. Nun schrie er und sein Rücken bog sich durch. M fixierte mit seinen Knien Katsuyas Hüften, sodass er sich nicht zur Seite rollen konnte, um den Schlägen zu entgehen. Sie prasselten auf ihn ein, einer nach dem anderen, bis die sonst glatte blasse Haut sich durch dicke Striemen und Blutergüsse verfärbte.

»Bitte …«, war das Einzige, was Katsuya sagen konnte, nachdem er vom Schreien ganz heiser war.

Sein Körper war immer noch angespannt, doch M hatte aufgehört, ihn auszupeitschen, und zwängte nun seine Beine auseinander. Schluchzer erschütterten seinen gesamten Körper.

»Ruhig …«, flüsterte M in seinen Mund. »Konzentrier dich auf mich. Nur mich.«

Katsuya nickte nur und starrte durch den Schleier aus Tränen stur geradeaus.

»Gut … Guter Junge …«, sagte M und strich die schweißnassen Strähnen aus Katsuyas Augen und seiner Stirn. »Du machst das gut.«

M schlang seine Arme um ihn und hielt ihn in einer Umarmung, die eine Wärme ausströmte, von der Katsuya nicht gewusst hatte, dass er sich verzweifelt danach gesehnt hatte, und die er nicht einmal empfand, wenn David ihn in seinen Armen hielt. M fuhr mit den Fingern zärtlich durch sein Haar und streichelte ihn, während er weinte.

In diesem Moment erkannte Katsuya, was ihm zuvor nie bewusst gewesen war: Er war einsam. Egal mit wem er zusammen war, selbst mit Leuten, die er liebte und die ihn liebten … er war einsam. Das war die Leere in seinem Inneren, die er aus irgendeinem Grund mit Zähnen und Klauen verteidigt hatte, als wäre sie eine Art Schatz – nur dass sie nichts Wertvolles war, sondern etwas Schmerzhaftes. Etwas, das viel mehr wehtat als die Schmerzen, die er soeben erlebt hatte.

Dann hörte das Schluchzen auf. Die Tränen liefen nur noch beständig aus seinen Augenwinkeln, während er auf die nassen Flecken starrte, die sie auf Ms Hemd hinterlassen hatten.

»Nimm so viel von mir, wie du brauchst«, flüsterte M. »Ich gebe dir alles, was du brauchst, solange du willst.«

Katsuya nickte nur benommen.

***

Alles tat ihm weh. Das war der einzige Gedanke, den Katsuya hatte, als er aufwachte. Sofort erinnerte er sich wieder an alles, aber er konnte nichts anderes tun, als sich von den Erinnerungen

überrollen zu lassen, während er versuchte, die Kraft aufzubringen, den Schmerz zu überwinden. Es war, als wäre er in die aufgewühlte See geworfen worden, obwohl er kaum schwimmen konnte.

Endlich brachte er sich dazu, sich auf den Rücken zu drehen – und bereute es sofort. Obwohl die Baumwolllaken weich waren, brannte ihre Berührung. Er stieß ein Stöhnen und einen Fluch aus. Dann roch er eine Zigarette. Der Geruch zog ins Schlafzimmer, gefolgt von Schritten, die am Bett anhielten.

M wirkte amüsiert, als er einen weiteren Zug von seiner halb gerauchten Zigarette nahm. »Normalerweise bleibe ich danach nicht«, sagte er, setzte sich auf die Bettkante und blies den Rauch aus, »aber ich habe keinen Assistenten mitgebracht, der sich um dich kümmern könnte.«

Katsuya zog sich hoch und ignorierte den Schmerz, der in seinem Körper explodierte. Nun, da der Moment vorbei war, wollte er nicht im Liegen mit M reden. Er lehnte sich vorsichtig gegen das Kopfteil und zog die Decke um sich.

»Ich weiß nicht genau, was ich jetzt tun soll«, gestand Katsuya. »Ist es immer … so?«

M lachte. »Nein«, erwiderte er. »Ich kann noch viel grausamer sein.«

»Wollten Sie das auch mit mir tun, als wir uns das erste Mal begegnet sind?«

»David hätte das nicht zugelassen«, entgegnete M und entsorgte den Zigarettenstummel in einem Aschenbecher. »Selbst wenn du es gewollt hättest, hätte das keine Rolle gespielt.«

»Aber Sie hätten etwas Ähnliches getan, wenn er nicht im Raum gewesen wäre?«

»Ich bin neugierig«, sagte M und stand auf. »Auch wenn ich die Neugierde von anderen nicht befriedige.« Er griff in seine Tasche und zog Katsuyas Handy heraus. »Du kannst noch bis morgen in diesem Zimmer bleiben, wenn du dich ausruhen willst.« Er hielt ihm das Telefon hin. »Aber vielleicht solltest du schnellstmöglich David sehen.«

Katsuya nahm das Handy. Als er auf das Display schaute, musste er feststellen, dass er fast sieben Stunden mit M verbracht hatte und dass er fünf verpasste Anrufe und eine Reihe von Textnachrichten hatte. Es war fast drei Uhr morgens.

»Wenn er nicht bereits alle Krankenhäuser und Leichenschauhäuser durchkämmt hat«, fügte M hinzu. Er beugte sich herab und küsste Katsuya auf die Stirn. »Komm zu mir, wenn du das fortsetzen willst.«

»Was haben Sie gesehen?«, fragte Katsuya.

M legte den Kopf schief. Er wirkte amüsiert. »Ich habe gesehen, was ich erwartet hatte«, erwiderte er und richtete sich auf.

Vorsichtig zog Katsuya die Knie an und schlang die Arme um sie.

»Es war keine Schwäche«, erklärte M geradeheraus und ging aus der Tür.

Katsuya blickte ihm nach und lauschte seinen Schritten, während M seine Sachen zusammensammelte und das Zimmer verließ. Dann war er wieder allein. Die Suite, die zuvor schon eine beeindruckende Größe gehabt hatte, wirkte nun überwältigend riesig.

Er legte sich wieder hin und verzog das Gesicht, als jede seiner Bewegungen einen brennenden Schmerz hervorrief. Er blickte auf das leuchtende Display seines Handys. Der letzte verpasste Anruf lag eine halbe Stunde zurück. Er fühlte sich schlecht, als er darüber nachdachte, was er sagen sollte. Was konnte er nur sagen, das David Wut und Kummer ersparen würde? Er wusste es immer noch nicht, als er auf die Rückruftaste drückte.

»Wo bist du?«, erklang Davids Stimme, nachdem es nur zweimal geklingelt hatte.

»Es tut mir leid«, sagte Katsuya. In diesem Moment wünschte er sich, David wäre bei ihm, während er ihn gleichzeitig nicht sehen wollte. Nicht jetzt.

Am anderen Ende entstand ein Schweigen. Katsuya wusste, dass David darüber nachdachte, ob er weiterbohren sollte. In seiner Stimme hatte unterdrückte Frustration gelegen.

»Mike hat mir gesagt, dass du seit sieben unterwegs warst«, sagte Katsuya. »Bitte leg dich hin. Es tut mir so leid, dass ich dir Sorgen bereitet habe.«

»Geht es dir wirklich gut? Du klingst nicht so.«

Katsuya umklammerte das Telefon fester. Die leere Stelle in seinem Inneren … sie war wieder da. »Es geht mir gut«, erwiderte er. »Ich bin nur schrecklich müde.«

Es folgten weitere Augenblicke des Schweigens, die nur von einem leisen statischen Rauschen erfüllt wurden. Dann wünschte David ihm eine gute Nacht und legte auf. Katsuya starrte das Handy an, bis das Display dunkel wurde.

»Es tut mir leid, David …«

Kapitel 3

Drei Tage waren vergangen. Die grellroten Male hatten sich in dunkle Blutergüsse verwandelt. Der Schmerz hatte nachgelassen – er war zu einem dumpfen Pochen abgeebbt. Es war eine echte Herausforderung, sich dazu zu zwingen zu laufen, ohne dabei sein Unbehagen zu zeigen. Und es war sogar noch schwieriger, David aus dem Weg zu gehen.

In diesen drei Tagen hatte Katsuya David nur einmal gesehen. Er hatte kurz sein Gesicht erspäht, bevor er in einem Besprechungszimmer verschwunden war. David zu sehen, auch wenn es nur ein kurzer Augenblick gewesen war, reichte, um all seine Schuldgefühle und den Selbsthass wieder aufflammen zu lassen. Er hatte nur einen halbherzigen Versuch gestartet, David zu gestehen, was geschehen war, aber er wusste nicht einmal, wo er anfangen sollte.

Katsuya musste sich nicht länger mit seiner Unentschlossenheit herumschlagen, als David sich zu Beginn der neuen Schicht in eins seiner Briefings für die Streifenbeamten setzte. Auf Davids Gesicht lag nicht einmal der Hauch seines üblichen Lächelns, als er sich einen Platz in der Nähe der Tür suchte. Katsuya stockte einen Moment lang der Atem und die Pause dehnte sich aus, während die uniformierten Beamten geduldig warteten, dass er fortfuhr.

»Wir machen morgen «, sagte Katsuya schließlich, sammelte seine Notizen zusammen und stopfte sie in eine Aktenmappe. »Seien Sie vorsichtig da draußen.«

Katsuya schenkte dem Schichtleiter ein freundliches Lächeln und übergab ihm das Wort. Er umklammerte die Mappe mit einer Hand, während er den Gang zwischen den Tischen hinunterging. Zunächst war er sich nicht einmal sicher, ob er David ansehen sollte. Dann hielt er in der Tür inne und formte mit den Lippen die Worte »Nicht jetzt«, bevor er den Raum verließ. David folgte ihm nach draußen.

»Denkst du, du wirst mich so leicht los?«, fragte David, der nur einen Schritt hinter ihm ging.

»Das ist weder der richtige Ort noch die richtige Zeit«, erwiderte Katsuya und streckte die Schultern durch. Er blickte nicht zurück.

»Der Ort oder die Zeit wofür?«, hakte David nach und packte Katsuya am Arm. Der Griff war fest und schmerzhaft, doch Katsuya ließ es sich nicht anmerken. David zog ihn hinter sich her und ignorierte die fragenden Blicke, die ihnen folgten, während sie an den Kollegen vorbeigingen. Katsuya hatte nicht einmal die Gelegenheit, zu protestieren oder sich aus dem Griff zu befreien, bevor er in einen Verhörraum geschoben wurde. Zwei Detectives in Zivil mit Kaffeebechern in der Hand sahen sie an.

»Macht eure Pause woanders, Jungs«, forderte David.

Die Männer nickten und gingen schnell hinaus. Katsuya bildete sich ein, dass einer von ihnen ihm einen mitleidigen Blick zuwarf. Er konnte es ihm nicht verdenken. David kochte vor Wut. Tatsächlich war dies das erste Mal, dass er David wütend sah.

»Kurze Einleitung, bevor ich die Beherrschung verliere«, sagte David, schloss die Tür und verriegelte sie. »Ich liebe dich immer noch.«

Katsuya machte ein paar Schritte zurück, bis er gegen den Tisch stieß.

»Ich lasse dir eine Menge Scheiß durchgehen«, fuhr David fort. »Ich verwöhne dich gerne. Aber ich glaube, dass du das ausnutzt.«

David trat vor, um die Lücke zwischen ihnen zu schließen. Katsuya musste aufblicken, um David ins Gesicht sehen zu können. Noch immer zeichnete sich Wut darauf ab. Der Anblick war schwer zu ertragen.

»Lass uns nicht hier darüber sprechen«, bat Katsuya. Er musste sich anstrengen, um einen ruhigen Tonfall beizubehalten, wie er ihn einem Kollegen gegenüber verwenden sollte. »Es ist nicht angemessen …«

David machte einen weiteren Schritt nach vorne, sodass sein Körper Katsuyas berührte und ihn am Tisch einklemmte. Die Tischkante grub sich in Katsuyas Oberschenkel. Es tat weh, aber er gab keinen Ton von sich. David stützte seine Hände rechts und links von Katsuyas Hüften auf, um ihn festzusetzen.

»Was ich gleich tun werde, wird mir sehr viel mehr wehtun als dir«, erklärte David. »Du hast eine Chance, es dir leicht zu machen.«

Schweigen folgte.

»Sag mir, was er mit dir gemacht hat.« Die Worte wurden langsam und betont ausgesprochen.

Katsuya kaute auf seiner Unterlippe und sein Schweigen ließ die Flamme der Wut in David nur noch heller lodern. Er erschrak, wehrte sich aber nicht, als David an seinem Anzug zerrte und an dem einzigen Knopf zog, der sein Jackett geschlossen hielt. Weitere Knöpfe sprangen ab, als David in schnellen, wütenden Bewegungen sein Hemd zur Hälfte aufriss. David sog scharf den Atem ein, als er die dunklen Blutergüsse sah, die sich über Katsuyas Brust zogen.

Eine Weile lang sagte keiner von ihnen ein Wort. In dem kleinen Raum existierte nur ihr Atem und der greifbare Schmerz, den sie beide empfanden.

»Es tut mir leid«, brach Katsuya als Erster das Schweigen.

David zog sich zurück und ließ sich auf einen der Holzstühle mit abgenutztem Lederpolster fallen. Die Wut war verraucht und von einer Verzweiflung ersetzt worden, die für Katsuya noch schwerer zu ertragen war. Er hätte David lieber wütend gesehen. Das hätte Katsuya wenigstens verstehen können.

»Ich schätze, das habe ich versaut«, sagte David und fuhr sich mit der Hand durchs Haar. »Ich habe ihn in dein Leben gebracht.«

»David …«

David hob eine Hand, um ihm das Wort abzuschneiden. »Ich habe gesehen, wie er Menschen gebrochen hat – starke Menschen –, und das mit einem verdammten Lächeln auf den Lippen.«

»David«, begann Katsuya erneut mit leiser Stimme. »Ich bin kein Opfer.«

»Wenn du dich nicht als Opfer siehst, bist du auch keins. Aber das ändert nichts an der Tatsache, dass er dich verletzt hat.«

»Nichts hat sich verändert«, versicherte Katsuya. Er trat vor und kniete sich hin, um David ins Gesicht sehen zu können. »Die blauen Flecken werden heilen. Ich habe neue Wahrheiten über mich selbst erkannt. Aber ich bin immer noch derselbe …«

»Nein, bist du nicht. Ich konnte die Veränderung in dieser Nacht am Telefon hören, als du mir gesagt hast, es wäre alles in Ordnung.«

»Ich habe ihm meine Erlaubnis gegeben«, sagte Katsuya. »Er hat mir nichts genommen.«

»Du hast ihm die Erlaubnis eines Kindes gegeben, das einen Handel eingeht, um etwas zu bekommen, das es unbedingt haben will. Das heißt aber nicht, dass es ein fairer Tausch war.«

»Ich bin kein Kind.«

»Kannst du mir glaubhaft versichern, dass du bei ihm nicht nach etwas gesucht hast, das du bisher nicht gekannt hast?«

Katsuya verzog das Gesicht. Die Frustration schnürte ihm die Brust zu.

»Ich bin vielleicht nicht so ein vornehmer Psychiater, wie Harvard sie hervorbringt, aber ich kann dir versprechen, dass ich mindestens genauso viel davon verstehe, was Leute kaputt macht, wie du«, fuhr David fort. »Aus demselben verdammten Grund gehst du jedem Ereignis aus dem Weg, das auch nur kurzfristig die Aufmerksamkeit auf dich lenken könnte … Es fällt dir schwer, Nähe zuzulassen. Und du kannst Gesten der Liebe zwar erwidern, aber du kannst das weder aussprechen, noch dich darauf einlassen …«

David ergriff Katsuyas Kinn und zwang ihn, ihm in die Augen zu sehen, als er den Blick abwenden wollte. »M ist es gelungen, diese Dinge aus dir herauszufoltern.«

»Du schreibst ihm und diesen blauen Flecken sehr viel mehr Bedeutung zu, als sie verdienen.«

»Fühlt sich das gut an?«, fragte David. Mit seiner freien Hand packte er Katsuyas Handgelenk und hielt es fest umklammert. »Fühlt es sich gut an, wenn jemandem einer dabei abgeht, dir wehzutun?« Sein Griff wurde fester, bis Katsuya vor Schmerz aufstöhnte.

»Brauchst du das hier, damit du jemanden lieben kannst?« David hob erneut die Stimme und verdrehte Katsuyas Handgelenk brutal genug, um ihm einen schmerzerfüllten Schrei zu entlocken. »Liebst du mich jetzt mehr, weil ich dir wehtue?«

Katsuya riss erstaunt die Augen auf. Er fühlte, wie Tränen in ihm aufstiegen, und konnte sie nicht zurückhalten. Davids Wut verflog bei diesem Anblick. Schnell ließ er Katsuyas Handgelenk los. Katsuyas Arm fiel an seiner Seite herunter.

»Es tut mir leid«, sagte Katsuya wieder mit kaum hörbarer Stimme.

David zog Katsuya in seine Arme und seine feste Umarmung schnürte ihm die Luft ab. »Scheiße … Es tut *mir* leid«, sagte David wieder und wieder.

»Ich will doch nur wissen … wie es sich anfühlt, vollständig zu sein«, erklärte Katsuya.

David schwieg, obwohl er spüren konnte, wie der feuchte Fleck auf seiner Brust, wo sein Hemd Katsuyas Tränen aufsog, sich ausbreitete. Katsuya weinte noch immer. Es machte ihn fertig, dass er nicht aufhören konnte.

In dieser Nacht machte er kein Auge zu. Katsuya hatte sich an ihn gekuschelt und sein Kopf ruhte auf seiner Brust. Ihn in den Armen zu halten und seinen warmen, gleichmäßigen Atem auf der Haut zu spüren hatte etwas Beruhigendes. Er streichelte in ausladenden, sanften Bewegungen über Katsuyas Rücken. Vor seinem geistigen Auge stand noch immer dieser Anblick – die schrecklichen Blutergüsse und die Striemen, die nach wie vor geschwollen und wund waren. Er konnte sie unter seinen Fingerspitzen spüren.

Er lag wach, bis das erste Licht des Morgengrauens durch die Schlitze der Jalousien fiel. Der Wecker auf dem Nachttisch verriet ihm, dass es erst halb sechs war. Vorsichtig wand er sich aus Katsuyas Umarmung und ließ ihn zusammengerollt unter der Decke zurück.

Er zog sich an und schlüpfte in sein Schulterholster. Das Gewicht der Beretta ließ ihn innehalten, doch er ließ sie stecken und zog ein leichtes Jackett darüber. Nachdem er den Wecker ausgestellt hatte, der um sieben klingeln sollte, hinterließ er eine Nachricht auf dem Nachttisch neben Katsuyas Handy:

Bin ein paar Stunden auf dem Revier. Bin bald zurück. Warte auf mich. Ich melde dich für heute krank.

***

David musste nicht warten. Der Mann, den er sehen wollte, gehörte zu der Art Geschäftsführer, die schon vor den meisten ihrer Angestellten im Büro waren. Die einzige Person in der Lobby war ein junger Wachmann, der aussah, als hätte er gerade erst in seinem Job angefangen. Als David ihm seine Marke zeigte, wirkte er verängstigt. Er wollte von seinem Stuhl aufstehen.

»Bleiben Sie sitzen«, sagte David. »Ich bin hier, um eine bestimmte Person zu sehen.«

Der junge Mann nickte. Schweiß sammelte sich auf seiner Oberlippe.

»Haben Sie ein Generalverzeichnis?«

Wieder nickte der junge Mann. Er fuhr sich mit dem Ärmel über die Stirn, um die Schweißtropfen wegzuwischen, die sich dort gebildet hatten, und holte dann ein dickes Register mit gelochten Seiten hervor. Er blätterte es durch und zeigte David dann eine Seite. David studierte die Liste und nickte.

»Wenn Sie jemanden anrufen und ich das rausfinde ...«, begann David und ließ den Rest des Satzes unausgesprochen.

»Natürlich ... Sir«, sagte der junge Mann und seine Stimme brach.

»Lassen Sie mich rein«, befahl David und ging auf die Glasdoppeltüren zu. Die Tür entriegelte sich mit einem hörbaren Klicken und er drückte einen Flügel auf. Bevor er hindurchtrat, drehte er sich noch einmal um, lächelte den Wachmann an und zielte mit Daumen und Zeigefinger auf ihn.

Ms Büro befand sich in der obersten Etage und überblickte Manhattan aus dem siebenundfünfzigsten Stock. Der Tag war angebrochen und die ersten Sonnenstrahlen tauchten die umliegenden Wolkenkratzer in einen blassen Bronzeton. Das kräftige Aroma von Kaffee begrüßte ihn, sobald er den nicht besetzten Schreibtisch der Sekretärin passiert hatte und sich selbst einließ.

M blickte von seinem Laptop auf und lehnte sich in seinem Ledersessel zurück. Er wirkte nicht überrascht, David zu sehen. Tatsächlich konnte David sich nicht erinnern, dass er jemals irgendeine Regung an ihm wahrgenommen hätte, außer einem gelegentlichen Lächeln oder seinem üblichen gleichgültigen Blick.

M nickte David zu und bedeutete ihm, sich einen Kaffee zu nehmen, der in einer teuren Maschine auf einem Sideboard durchlief. David ging darauf zu.

»Ich schätze, es ist sinnlos, dich zu fragen, wie du mich gefunden hast«, sagte M, nahm seine Tasse und trank einen Schluck.

David schenkte in eine der Tassen, die bereits auf ihren Untertassen bereitstanden, Kaffee ein. »Selbst jemand wie du hat einen richtigen Namen und bezahlt seine Steuern«, erwiderte David. Er nahm nur die Tasse, ging auf Ms Schreibtisch zu und setzte sich in einen der Sessel, die davorstanden. »Ein kleiner Missbrauch der Polizeiquellen hat auch nicht geschadet.«

Ms Lächeln blieb unverändert. In seinem frisch gestärkten Hemd und der dunkelblauen Seidenkrawatte sah er nicht wie jemand aus, der in seiner Freizeit die Dinge tat, die der Grund dafür waren, dass David nun hier war, um mit ihm zu sprechen. In diesem teuren, aber sterilen Geschäftsumfeld wirkte M weniger gefährlich. Doch sein offen zur Schau gestellter Reichtum strahlte noch immer Macht aus. Die Umgebung wirkte einschüchternd, aber David schüttelte das Gefühl schnell ab. Er war überzeugt, dass M am Wochenende mit Powerbrokern und Politikern Cocktails schlürfte, wenn er nicht gerade von seinem Sklavenharem auf Long Island unterhalten wurde.

»Ich vermute, du hast Katsuya gesehen.«

»Habe ich«, erwiderte David. Er nahm einen Schluck aus seiner Tasse. Der Kaffee war gut. Mild. Es war eine dieser teuren Sorten, die er nicht bezahlen wollen würde, selbst wenn er sie sich hätte leisten können.

»Und jetzt bist du hier, um mich zu bedrohen.«

»Drohungen sind nichts weiter als unhöfliche Bitten«, entgegnete David. »Entweder sage ich dir, dass ich etwas tun werde, oder ich tue es einfach. Aber ich bin froh, dass du das Thema so direkt ansprichst. Ich will, dass du dein Halsband zurücknimmst und nie wieder Kontakt zu ihm hast.«

»Du bist also gekommen, um mir das zu sagen«, verbesserte M sich selbst. Das Lächeln auf seinem Gesicht wurde breiter. Er sah aus, als wollte er loslachen, hielt sich aber zurück.

»Es spielt keine Rolle, was er zu wollen glaubt. Er ist nicht in der Position, seine Einwilligung zu geben. Und nach dieser Sitzung weißt du das selbst am besten.«

M stellte seine Tasse auf die Untertasse und richtete sich in seinem Sessel auf. »Gerade du«, sagte M, »bist der Letzte, der mir sagen sollte, wozu Katsuya einwilligen kann oder nicht.«

»Ihr zwei spielt vielleicht die gleichen Psychospielchen, aber du hast so viel mehr Erfahrung. Das ist nicht fair.«

M tippte mit dem Finger gegen seine Tasse. »Hast du Angst, dass ich ihn dir wegnehmen könnte?«

»Das könntest du wahrscheinlich mit deiner meisterhaften Gedankenmanipulation«, entgegnete David. »Aber das ist nicht der Grund, warum ich hier bin oder warum wir dieses angenehme Gespräch führen. Ich liebe ihn – mit all seinen Selbstzweifeln und Fehlern. Im Gegensatz zu dir, der sie nur für eine schnelle Befriedigung ausnutzen will.«

»Du bist ganz schön anmaßend, David.«

»Wenn er aus freien Stücken die Entscheidung trifft, dass er mit dir zusammen sein will, ohne Manipulationen, ohne die Illusion, dass er sich trotz all seiner Unsicherheiten vollständig fühlen kann, dann habe ich absolut keinen Grund, ihm sein wahres Glück zu verwehren. Aber jetzt ist er mit mir zusammen und ich werde alles in meiner Macht Stehende tun, um ihn zu beschützen – selbst wenn es mich meine Karriere kostet.«

»Sehr nobel«, bemerkte M. »Gesprochen wie ein wahrer Cop.«

»Du besitzt all das«, sagte David und deutete auf das geräumige Büro und seine Einrichtung, die locker mehr kostete, als ein Detective in mehreren Jahren verdiente. »Und du hast eine Villa voller williger Kandidaten, die alles tun würden für ein paar Minuten deiner Aufmerksamkeit. Du brauchst Katsuya nicht.«

»Was würdest du sagen, wenn ich ihn dir einfach nur wegnehmen wollen würde, um zu sehen, ob es mir gelingt?«

»Dann geht es hier also um mich. Es ist mir egal, ob du mich verletzt. Ehrlich gesagt glaube ich nicht, dass du das kannst. Aber wenn du Katsuya verletzt, weil du gelangweilt bist oder mir einfach nur eins auswischen willst, werde ich dich verdammt noch mal vernichten.«

M lachte. David wartete und dachte darüber nach, ob er sich noch einen Kaffee holen sollte. Stattdessen stellte er die leere Tasse unter seinen Stuhl. *Das wird ihm eine Lehre sein*, dachte David höhnisch.

»Es geht nicht um dich – oder ihn«, erwiderte M. »Hast du es immer noch nicht verstanden? Es geht um mich, es geht immer nur um mich. Er ist ein interessanter, aber vorübergehender Zeitvertreib, genau wie du.« Er stand auf und nahm seine Tasse und Untertasse mit.

»Ich schlage vor, du suchst dir jemanden, der nicht so kaputt ist, in den du deine Zeit investieren kannst«, fuhr M fort, während er zur Kaffeemaschine ging. »Du wirst es mir jetzt vielleicht nicht glauben, aber ich kann dir versichern, dass er dich eines Tages zerstören wird.« Er drehte sich um und sah David an. »Was du jetzt bist und was du hast … das alles wird er mitnehmen an dem Tag, an dem er dich verlässt – und er wird dich verlassen.«

»Deinetwegen?«, fragte David mit einem Lächeln.

M schenkte sich Kaffee nach und trank. Er lächelte nur über Davids Frage. »Er ist nicht wie die Letzte«, sagte er. »Die Frau wusste, was sie wollte. Katsuya tut das nicht. Wenn du ihm nicht beibringst, was er will, wird er es von jemandem wie mir lernen … oder von jemandem, der noch schlimmer ist als ich.«

»Nett«, sagte David, als er sich von seinem Stuhl erhob. »Du solltest Sprüche für Grußkarten schreiben.«

M zuckte mit den Schultern.

Ein Blick auf seine Uhr verriet David, dass es fast acht war. Katsuya war inzwischen wahrscheinlich wach. Und irgendwie wollte David jetzt dringender bei ihm sein, als dieses endlose Geplänkel mit M fortzusetzen.

»Wenn du nicht weißt, wie du das machen sollst«, bot M an, »kann ich es dir beibringen.«

David verkniff sich seine spontane Antwort und schwieg.

»Auch wenn es da nicht viel zu lernen gibt.«

David legte den Kopf schief. Diese Bemerkung amüsierte ihn. »Ich bin nicht wie du und ich will auch nicht wie du sein«, erklärte er und ging auf die Tür zu. Er blickte nicht zurück, hob aber die Hand zum Gruß. »Danke für den Kaffee. Schönen Tag noch.«

Kapitel 4

»Werde ich gleich erfahren, dass es einen Haftbefehl gegen dich gibt?«, fragte Katsuya, als David durch die Tür trat.

Er trug eins von Davids Hemden und darin sah er immer zu niedlich aus – es war ein paar Nummern zu groß und hing an ihm wie ein Nachthemd. Die Hemdschöße reichten bis knapp über seine Hüften, sodass darunter gerade noch der Saum seiner Boxershorts zu sehen war. Die langen Ärmel waren bis zu den Ellbogen hochgekrempelt. Katsuyas Beine waren größtenteils entblößt, als er seine Füße auf den Couchtisch legte. Die Blutergüsse an seinen Oberschenkeln waren noch immer ein schrecklicher Anblick. David musste sich dazu zwingen, nicht darauf zu reagieren, während er sein Jackett auszog und es an den Haken neben der Tür hängte.

Katsuya trank Kaffee aus einer Tasse. Auf dem Couchtisch stand ein Teller mit Toastkrümeln. Er las in einem Stapel Ausdrucke, die von einer dicken Klammer zusammengehalten wurden. Der Fernseher war an und es lief irgendeine Gameshow, doch der Ton war zu leise gestellt, als dass man etwas hätte verstehen können.

»Noch habe ich ihn nicht umgebracht«, erwiderte David und beugte sich vor, um Katsuya auf den Mund zu küssen, »aber das hängt ganz davon ab, was er als Nächstes tun wird.« Er fuhr mit dem Handrücken über Katsuyas Wange und rang sich ein Lächeln ab.

»Er muss sich sehr kooperativ gezeigt haben, wenn man davon ausgeht, dass du deine Waffe zu dem spontanen Treffen mitgenommen hast«, bemerkte Katsuya. Sein Blick ging zu der Pistole in Davids Holster, verharrte dort einen Moment und wanderte dann wieder nach oben.

»Das hier? Mit so was kann man ihn nicht beeindrucken.«

»Wahrscheinlich nicht«, stimmte Katsuya zu. Er legte seine Unterlagen auf den Couchtisch und stellte seine Kaffeetasse darauf ab. »Aber du bist bewaffnet zu ihm gegangen, um damit eine klare Ansage zu machen.«

Es war keine Frage und David antwortete nur mit einem Schulterzucken, bevor er sich neben Katsuya auf das Sofa fallen ließ und seine Beine über die Armlehne schwang, damit er seinen Kopf in Katsuyas Schoß legen konnte. Er schloss die Augen.

Eine Weile lang schwiegen sie. Es war leise genug, um den überschwänglichen Jubel des Publikums der Fernsehsendung zu hören, wenn jemand eine Waschmaschine gewonnen hatte.

»Was ist passiert?«, fragte Katsuya und fuhr durch Davids Haare, die sich auf seinen Oberschenkeln ausbreiteten.

Zunächst zögerte David, dann erzählte er es ihm. Katsuya hörte schweigend zu, bis David zu Ende gesprochen hatte.

»Ich kann nicht sagen, dass ich begeistert bin«, sagte Katsuya. »Ich brauche dich nicht, um mir Leute vom Hals zu halten. Und ich wollte das auch nicht. Ich fühle mich, als wäre ich auf ein hilfloses Stück Eigentum reduziert worden.«

»An deinen Gefühlen kann ich nichts ändern. Ich kann nur nach meinem eigenen Gefühl handeln«, erwiderte David.

»Ich habe mich dafür entschuldigt, dass ich nicht ganz ehrlich zu dir war, aber ich werde mich nicht für meine Entscheidung entschuldigen. Ich glaube fest, dass M mich auf eine unbeteiligte Art verstanden hat, wie es weder du noch irgendjemand sonst könnte. Ich meine das nicht negativ. Es gibt einfach gewisse Geheimnisse, die ich dir oder meiner Familie nicht anvertrauen kann, aber die ich durch ihn verarbeiten kann, gerade weil wir keine Beziehung oder tiefere Bindung zueinander haben.«

»Warum?«

»Weil jedem von uns seine eigenen Geheimnisse und sein eigener Schmerz zustehen«, erklärte Katsuya. »Genauso, wie es mir nicht zusteht, dich nach dem Schmerz zu fragen, den du lieber für dich behalten willst.«

Darauf folgte ein Schweigen. Katsuya fuhr mit den Fingerspitzen sanft über Davids Kopfhaut. »Als ich danach bei M geweint habe … ist genau das Gleiche passiert wie in dem Augenblick, als ich bei dir in diesem Verhörraum geweint habe.«

Die Frage stand David deutlich ins Gesicht geschrieben.

»Du hast mir keine Angst gemacht, falls du denkst, das wäre der Grund, warum ich geweint habe«, versicherte Katsuya. »Ich habe einfach … die Kontrolle verloren. Es war mir egal, ob M mich so sieht. Es ist mir nicht egal, ob du mich so siehst.«

»Noch mal: Warum lässt du mich nicht teilhaben an …«

Katsuya lächelte, beugte sich herunter und küsste David. »Wie gesagt, mancher Schmerz ist persönlich. Es geht nicht darum, ob jemand ihn für mich heilen kann oder dass ich das Bedürfnis habe, getröstet zu werden«, sagte Katsuya. »Belassen wir es dabei, okay?«

Nur widerwillig nickte David und seufzte.

»Ich weiß, du meinst es nur gut und willst mich beschützen, aber du musst mich vor M nicht beschützen. Er würde mir nie wehtun. Nicht so, wie du denkst.«

Ein Ausdruck von unterdrückter Frustration breitete sich auf Davids Gesicht aus. Er wirkte, als wäre er kurz davor, die Beherrschung zu verlieren, riss sich aber zusammen. Es dauerte ein paar Augenblicke. Er schwieg, bis er sich wieder im Griff hatte. Katsuya ließ ihn gewähren.

»Du hast mir immer noch nicht erklärt, was all diese blauen Flecken auf deinem Körper zu bedeuten haben.«

»Schmerz ist ein subjektives Empfinden der Person, die ihn erfährt. Ich weiß, dass du das verstehst. Du hast mir das selbst erklärt«, sagte Katsuya. »Ich habe M gestattet, mir das anzutun, um sowohl eine körperliche als auch eine psychische Reaktion hervorzurufen. Er hat mich nicht erniedrigt. Er hat mich nicht sexuell missbraucht. Er hat nicht die Art von Trauma in mir ausgelöst, von der du befürchtet hast, dass ich dafür anfällig wäre.«

»Er hatte bisher nur eine einzige Gelegenheit«, erwiderte David.

»Und diese eine Sitzung hat ein Chaos in mir zum Vorschein gebracht, von dem ich nicht wusste, dass es existiert. Um ehrlich zu sein, hat der Gedanke an dich mich viel mehr gequält. Ich habe etwas getan, von dem du nicht wolltest, dass ich es tue, mit jemandem, den ich nicht treffen sollte.«

»Offensichtlich hat es dich nicht genug gequält, wenn du es trotzdem durchgezogen hast.«

Katsuya streichelte Davids Wange. »Ich sage es noch mal: Er hat mir nicht wehgetan. Nicht so, wie du denkst.« Er beugte sich herunter und küsste ihn erneut. »Es tut mir wirklich leid, dass ich dir Sorgen bereitet habe.«

»Er hat mir vorgeschlagen, dich zu dem zu erziehen, was du sein musst«, sagte David und streckte die Hände nach Katsuyas Gesicht aus. »Warum glaubst du, dass er das nicht selbst versuchen wird?«

»Ich bin mir vielleicht nicht ganz bewusst, wer ich bin oder was ich wirklich will«, entgegnete Katsuya nachdenklich, »aber zu wissen, wer mich liebt, erdet mich. Ich bin sicher, ich kenne Ms Beweggründe ebenso gut wie deine. Jemand wie M … Ich bin mir nicht sicher, ob er fähig ist, seine Verteidigungsmauern weit genug zu senken, um jemanden an sich heranzulassen.« Er beugte sich vor und küsste David. »Vielleicht ist er dieser Person einfach noch nicht begegnet. Vielleicht wird das auch nie passieren.

Ihm fehlt das Verständnis für das Konzept von Liebe und inniger emotionaler Beteiligung. Er sieht es als Schwäche an. Oder bestenfalls als Kontrollverlust.«

»Es ist wirklich unterhaltsam, einem Seelenklempner dabei zuzuhören, wie er jemanden analysiert, der vor nicht allzu langer Zeit die Scheiße aus ihm rausgeprügelt hat.«

»Ich kann nun mal nicht anders«, erwiderte Katsuya mit einem Lächeln. Und dieses Lächeln wurde noch breiter, als ihm ein anderer Gedanke kam. »Auch wenn es mir nicht gefallen hat, dass du zu ihm gegangen bist, um ihn zu bedrohen …«

»Ich habe ihn nicht bedroht.«

»Ja, natürlich. Du hattest nur eine Unterredung mit ihm«, konterte Katsuya. »Ich finde die Vorstellung von zwei Alpha-Männchen, die eine solche Art der verbalen Auseinandersetzung haben …«

»Heiß?«

»Faszinierend. Das Testosteron im Raum muss so dick gewesen sein, dass man es mit einem Messer hätte schneiden können.«

»Er hatte wirklich guten Kaffee, der mich davon abgehalten hat, eine Mörderlatte zu bekommen.«

Katsuya lachte, worüber David schmunzeln musste. Diesen Klang hatte er seit Tagen nicht mehr gehört.

»Wie dem auch sei«, sagte David und setzte sich auf. »Ich habe noch bis fünf Bereitschaft. Hattest du nur Toast und Kaffee zum Frühstück?«

»Ja, ich habe aber Lust auf Pancakes«, antwortete Katsuya. »Mit jeder Menge Ahornsirup und gesalzener Butter.«

David schlüpfte aus seinem Schulterholster und legte es auf den Couchtisch.

»Ich mach dir welche«, bot David an und öffnete die obersten Knöpfe seines Hemds. »Nachdem ich dir eine schöne Portion Würstchen serviert habe.«

»Wie wär's erst mal mit einer Dusche? Ich war noch nicht«, sagte Katsuya.

»Wozu Wasser verschwenden?«, entgegnete David und kniete sich über Katsuya, um ihn gegen die Sofakissen zu pressen. »Du wirst sowieso gleich wieder so richtig schmutzig.«

»Danach machst du besser reichlich Essen«, forderte Katsuya und schlang seine Arme um Davids Nacken.

»Ich werd dich weiterfüttern, auch wenn du schon lange nicht mehr kannst.«

Wieder lachte Katsuya und zog sich hoch, um David spielerisch ins Kinn zu beißen. »Okay, spar dir weitere dieser grauenhaften Doppeldeutigkeiten.«

David lächelte und hakte einen Finger in den Gummibund von Katsuyas Unterwäsche. »Bist du hierfür bereit?«

Katsuya presste sein Lippen auf Davids – das war Antwort genug.

Er wurde gegen das Sofa gedrückt und seine untere Körperhälfte wurde nach oben gebogen, während David in einem schmerzhaften, gnadenlosen Tempo in ihn stieß. Katsuya klammerte sich an ihn und seine Finger gruben sich durch sein Hemd in Davids Rücken. Dieser intime Schmerz war etwas, an das er gewöhnt war – etwas, das er sogar genoss. Doch an diesem Morgen gab es da noch etwas anderes. David hielt ihn so fest umklammert, dass er das Gefühl hatte, seine Knochen würden brechen, und selbst als David kam, verlangsamte er sein Tempo nicht. Erst als Katsuya ihm in die Schulter biss und ihn aus seiner Trance riss, wurden seine frenetischen Bewegungen langsamer.

Katsuya hatte nicht einmal Zeit, zu Atem zu kommen, bevor David sein Gesicht packte und ihm mit einem intensiven Kuss auch noch das letzte bisschen Luft nahm. David ließ seine Hüften kreisen und diese langsamen Stöße intensivierten den tiefen, dumpfen Schmerz, der sich in Katsuyas Körper ausbreitete, noch zusätzlich. Er hinterließ seine eigenen Male, die die von M überlagerten.

»Hat sich diese ganze Aggression wegen der Testosteronüberdosis heute Morgen in Ms Büro aufgestaut?«, fragte Katsuya, sobald er wieder ein wenig zu Atem gekommen war. »Oder markierst du einfach nur dein Revier?«

Davids Mundwinkel zuckte nach oben und er fing an zu lachen. Er zog sich aus Katsuya zurück und entlockte ihm dabei ein schmerzerfülltes Stöhnen. Er gab ihm einen flüchtigen Kuss, bevor er ihn hochhob und auf den Teppich zwischen Couchtisch und Sofa legte.

»Beides«, sagte er und schob seinen Schwanz mühelos wieder in Katsuya. Katsuyas Rücken bog sich durch. »Aber du musst es nur sagen und ich höre auf.«

»Ich bin mir nicht sicher, ob du mich eben überhaupt gehört hättest.«

David beugte sich vor und gab ihm einen weiteren zärtlichen Kuss und dann noch einen. »Ich hätte dich gehört.«

Katsuya fuhr mit dem Finger über die Stelle, wo er David durch sein Hemd hindurch gebissen hatte. Eine Spur von Rot zeichnete sich auf dem weißen Stoff ab. Aus keinem bestimmten Grund lächelte er. »Ich schätze, ich habe auch mein Revier markiert …«

David erwiderte sein Lächeln. Ein Schweißtropfen rann von seiner Schläfe und fiel auf Katsuyas Wange. »Du hast schon jede Menge Markierungen auf meinem Rücken hinterlassen«, erwiderte David und hielt Katsuyas Hüften fest, während er weiter in ihn stieß.

Katsuya schlang seine Beine um Davids Kreuz, sodass seine Fersen auf dessen Steißbein ruhten. »Gut«, war alles, was er sagte.

David lag auf Katsuya und atmete schwer, um wieder zu Luft zu kommen. Am Rande nahmen sie wahr, dass so viel Zeit vergangen war, dass die Gameshow, die im Fernsehen gelaufen war, inzwischen vorbei war. Nun lief eine Wiederholung einer jahrzehntealten Sitcom. Das gelegentliche Lachen vom Band bildete ein seltsames Hintergrundgeräusch.

»Wenn du willst, dass ich aufstehe, wirst du dich ein paar Minuten gedulden müssen«, sagte David. »Meine Ausdauer ist auch nicht mehr, was sie mal war.«

Katsuya lachte und fuhr mit der Hand durch Davids feuchtes Haar. »Hast du dir den Rücken verrenkt?«

»So alt bin ich nun auch wieder nicht«, protestierte David. »Es fühlt sich eher so an, als wäre ich den Boston-Marathon gelaufen. Ich glaube, einer meiner Lungenflügel kollabiert gleich.«

Katsuya schlang die Arme um David. Durch sein eigenes schweißnasses Hemd konnte er spüren, wie feucht das von David war. Davids Sperma, das aus ihm lief, hinterließ ein unangenehmes Gefühl, aber er war zu erschöpft, um sich zu bewegen. David würde wahrscheinlich einen Teppichreiniger anheuern müssen, um den Fleck herauszubekommen. Katsuyas Gedanken schweiften ab, während er der Unterhaltung im Fernsehen lauschte, der er nicht ganz folgen konnte.

»Hab ich dir wehgetan?«, fragte David schließlich und brachte genug Kraft auf, um sich hochzudrücken und auf Katsuya hinabzublicken.

»Nein«, antwortete Katsuya. »Ich bin nur ein bisschen wund. Du wirst mir ein Kissen auf den Küchenstuhl legen müssen, wenn du mich nachher fütterst.«

David gab Katsuya einen flüchtigen Kuss auf den Mund. »Es tut mir leid«, sagte er. »Ich war ziemlich grob. Ich hab es selbst gemerkt, aber ich konnte mich einfach nicht zurückhalten.«

»Wegen dieser ganzen Sache mit M?«

»Vielleicht«, gestand David. »Diese ganze Geschichte bringt nicht gerade das Beste in mir zum Vorschein.«

»Diese eifersüchtige und besitzergreifende Seite an dir zu entdecken ist … interessant.« Katsuya sprach langsam und wählte seine Worte mit Bedacht.

»Ist es nicht«, widersprach David. »Ich hasse es, das Arschloch zu sein, das alles anpinkeln muss, um es als seins zu markieren.«

David kam auf die Knie und verzog dabei das Gesicht. Er fluchte leise.

»Ich schätze, du schaffst es wohl nicht, mich unter die Dusche zu tragen?«, fragte Katsuya mit einem Lachen.

»Gib mir ein paar Minuten.«

»Ich denke, wir sollten zusammen zu M gehen«, sagte Katsuya nach einem Moment des Schweigens.

»Was?«

»Du hast mich schon verstanden«, beharrte Katsuya und tätschelte Davids Oberschenkel, die seine Taille einschlossen. »Durch unsere Begegnungen mit ihm stecken wir beide an unterschiedlichen Punkten fest. Wir müssen zusammen zu ihm gehen.«

»Ich komme darüber hinweg, sobald du ihn nicht mehr siehst.«

»Nein, das wirst du nicht. Unterbewusst wirst du immer denken, dass ich Wege finde, mich heimlich mit ihm zu treffen.«

»Würdest du das tun?«

»Er hat meine Frage noch nicht beantwortet«, erklärte Katsuya. »Auch wenn ich weiß, dass das Risiko geringer ist und nicht viel passieren wird, wenn du dabei bist, würde ich trotzdem gerne mit ihm sprechen, ohne diese ganzen Schmerzspielchen. Und ich will, dass du dabei bist, dass du beteiligt bist an …«

Katsuya suchte nach den richtigen Worten. Mit den Fingern zeichnete er Kreise auf Davids Oberschenkel, während er sich das Hirn zermarterte, wie er den Satz beenden sollte.

»Deinem persönlichen Schmerz?«, bot David an.

»So könnte man es sagen. Aber ich werde nicht zulassen, dass du weiter in die Sache involviert bist«, stellte Katsuya klar. »Das ist der Kompromiss, den ich bereit bin einzugehen, weil ich nicht will, dass du wieder verletzt wirst, wenn ich alleine zu ihm gehe.«

»Ich habe so ein Déjà-vu.« David seufzte übertrieben, ergriff Katsuyas Hände und zog ihn in eine sitzende Position. »Der Sub hat das Sagen.«

Katsuya lachte. »Jetzt hast du unsere Rollenverteilung endlich verstanden, *Meister*.«

Kapitel 5

Katsuya saß auf einem gepolsterten Barhocker in der Küche und telefonierte, während David das späte Frühstück zubereitete. Seit ihrer gemeinsamen Dusche waren fünfzehn Minuten vergangen und beide trugen nur weite Flanellschlafanzughosen. Ihr Haar war feucht und nur schnell durchgekämmt worden. Ihre knurrenden Mägen verdrängten das Bedürfnis, vorzeigbar auszusehen.

Katsuya entging nicht, dass David kaum merklich das Gesicht verzog, als er die Nummer aus dem Gedächtnis wählte. Er starrte in seine Kaffeetasse und tat so, als hätte er es nicht bemerkt, während er dem Tuten des Telefons lauschte. Es klingelte dreimal, bevor jemand dranging. Derselbe Mann, der schon das letzte Mal seinen Anruf entgegengenommen hatte, nahm auch jetzt wieder seine Nachricht auf und verabschiedete sich höflich.

»Er wird uns kontaktieren«, sagte Katsuya und legte das Handy neben seine Kaffeetasse.

»Ja«, sagte David nur und wandte sich wieder dem Herd zu, um sich um den Teig für die Pancakes zu kümmern.

Katsuya beobachtete, wie die Muskeln in Davids Rücken zuckten, als er den Teig in einer Glasschüssel rührte. »Ich bin schwierig, oder?«, fragte er nach einer Weile.

»Nicht mehr als sonst«, erwiderte David und schöpfte Teig in eine heiße Pfanne. Sofort breitete sich in der kleinen Küche ein süßer Duft aus.

»Manchmal«, gestand Katsuya und fuhr mit dem Finger über den Rand seiner Kaffeetasse, »denke ich, dass du jemand Besseres verdienst.«

David drehte sich um und gab ihm einen flüchtigen Kuss auf den Mund. »Fangen wir nicht wieder mit dem Selbsthass an«, sagte er und nahm einen Schluck Kaffee aus Katsuyas Tasse.

»Das ist es nicht«, widersprach Katsuya, verstummte dann jedoch wieder.

David wandte sich wieder dem Herd zu und wendete die Pancakes. Dann drehte er sich erneut zu Katsuya um und trank seinen Kaffee aus. »Du bist manchmal unsicher, egoistisch und echt anstrengend«, sagte er und schenkte aus der Kanne Kaffee nach. Dann stellte er die Tasse wieder vor Katsuya und stibitzte einen weiteren Kuss von seinem Schmollmund. »Verwöhnt und unglaublich fordernd.«

»Geht das ein bisschen genauer?«

David lachte und wuschelte durch Katsuyas ohnehin schon unordentliches Haar. »Aber genau so will ich dich haben.«

»Du bist ein ganz schöner Masochist.« Katsuya lächelte.

»Nur wenn ich den richtigen Sadisten an meiner Seite habe.«

***

Ein attraktiver junger Mann in einem gebügelten weißen Hemd, dessen oberste zwei Knöpfe geöffnet waren, und Hosen mit präziser Bügelfalte öffnete die Tür. Das war eine kleine Überraschung. Katsuya hatte einen ergrauten Butler erwartet oder wenigstens einen ernst dreinblickenden älteren Herrn in einem Dreiteiler, ähnlich wie diejenigen, die Wache gestanden hatten in der Nacht, als er und David M das erste Mal aufgesucht hatten. Am helllichten Tag wirkte die Villa gemütlich und weniger einschüchternd. Die Anwesenheit des jungen Mannes verstärkte diese Wirkung noch. Es war ein verwirrender Gegensatz zu Katsuyas erstem Eindruck von der Villa und ihrem Besitzer.

»Danke, dass Sie sich die Zeit genommen haben herzukommen«, sagte der junge Mann und trat zur Seite, um sie hereinzulassen.

Katsuya erkannte die sanfte, leise Stimme des Mannes, der seine Anrufe entgegengenommen hatte.

Es waren fast drei Wochen vergangen, seit er in Davids Küche gesessen und seine Nachricht hinterlassen hatte, und es war schwierig gewesen, zu arrangieren, dass sie beide an dem Tag freibekamen, den M für ihren Besuch auf seinem Anwesen auf Long Island vorgeschlagen hatte.

»Wenn Sie mir bitte folgen wollen«, sagte der junge Mann, nachdem er die Tür hinter ihnen geschlossen hatte, und ging voraus.

»Es ist ganz schön ruhig für einen Samstagnachmittag«, stellte David fest. »Wann kommen die anderen?«

Der Mann drehte leicht den Kopf, um zu antworten. »Sie meinen die üblichen Gäste?«

»Ja.«

»Sie werden heute die einzigen Gäste sein, meine Herren«, erklärte er und blickte wieder geradeaus.

Katsuya wusste nicht, was diese Worte zu bedeuten hatten, aber er spürte, wie David sich bei dieser Information anspannte. Er wollte fragen, aber in der Stille, die nur vom Klackern ihrer Absätze auf dem polierten Marmor unterbrochen wurde, schien es unangebracht. Er blieb stumm und trat näher an David heran, der einen Arm um seine Taille schlang. Die Berührung beruhigte den kleinen Wirbelsturm, der sich langsam in seiner Magengrube zusammenbraute. Zumindest ein bisschen.

Sie wurden in ein intimes, kleines Esszimmer geführt. Außer einem runden Tisch aus Kirschbaumholz mit vier dazu passenden Stühlen gab es keine Möbel oder sonstige Dekoration. Die Wände waren waldgrün tapeziert und von Holzpanelen aus gebeiztem Walnussholz umrahmt. Eine einzelne Lampe aus Milchglas war in der Mitte der Decke aufgehängt und schwebte über dem Tisch. An diesem sonnigen Nachmittag fiel jedoch natürliches Licht durch das große Erkerfenster herein, das auf den gepflegten Garten mit seinen ordentlichen quadratischen Beeten mit bunten Blumen und den frisch geschnittenen Hecken hinausging.

Der Mann bat sie, dort zu warten, ging und schloss die Tür hinter sich. David zog einen Stuhl heraus und setzte sich.

»Warum beunruhigt es dich, dass wir die einzigen Gäste sind?«, fragte Katsuya und setzte sich rechts von ihm.

»Weil das bedeutet, dass wir heute seine einzige Unterhaltung sind«, erklärte David mit einem gequälten Lächeln.

»Was heißt das?«, hakte Katsuya nach und blickte sich um. »Dieser Raum fühlt sich sehr persönlich an.«

»Hier isst er normalerweise, wenn er nicht seinesgleichen bewirtet«, antwortete David. »Er lädt uns in seinen Privatbereich ein, um dich in Sicherheit zu wiegen. Du verstehst doch, was es bedeutet, wenn ein Raubtier seine Beute auf Armeslänge an sich heranlässt, oder?«

Der Vergleich amüsierte Katsuya, auch wenn er zugeben musste, dass M jemandem, den er kaum kannte, offensichtlich sehr weit entgegenkam. Vielleicht wollte er ihn wirklich in Sicherheit wiegen, aber indirekt war es auch eine Möglichkeit, David zu verunsichern – ihm die Kontrolle über die Situation zu entreißen.

»Warum kennst du ihn so gut?«, fragte Katsuya. »Ich meine, du scheinst ziemlich genau zu wissen, wie er tickt.«

Davids Mundwinkel verhärteten sich. Katsuya kannte diesen Gesichtsausdruck. Er setzte ihn immer auf, wenn er eine Frage nicht beantworten wollte. Bevor er jedoch weiter nachbohren konnte, wurde die Tür geöffnet. Sie hatten keine Schritte gehört und das Klicken der Tür unterbrach ihre Unterhaltung.

M trat als Erster ein. Ein paar Schritte dahinter folgte ein älterer Butler, der einen silbernen Servierwagen vor sich her schob. M nickte ihnen beiden zu und setzte sich auf einen der beiden verbleibenden Stühle, während der Butler ihnen Kaffee in weißen Porzellantassen servierte. Nachdem er den Kaffee eingeschenkt und die Tassen vor sie gestellt hatte, ließ er die silberne Kanne auf dem Wagen stehen und ging hinaus. Die Tür lehnte er nur an.

»Danke, dass Sie uns empfangen«, sagte Katsuya, nachdem einige Augenblicke in angespanntem Schweigen vergangen waren, in denen David und M einander einfach nur anstarrten.

»Sind deine Wunden ohne Komplikationen verheilt?«, erkundigte sich M mit einem Lächeln.

Katsuya musste David nicht ansehen, um zu wissen, dass er sich bei diesen Worten verkrampft hatte. Innerlich bereute er bereits, dass er dieses Dreiertreffen vorgeschlagen hatte. M war darauf aus, Davids ohnehin schon zum Zerreißen gespannten Geduldsfaden auf die Probe zu stellen. In diesem Spiel würde sich David mit größter Wahrscheinlichkeit nicht allzu gut schlagen.

»Ja«, antwortete Katsuya. Er nahm eine Hand vom Tisch und legte sie auf Davids. »Es geht mir gut.«

»Sparen wir uns doch diese ganzen falschen Höflichkeiten«, forderte David und setzte sich gerader hin. »Seine Verletzungen sind dir doch völlig egal.«

»David ...«, mahnte Katsuya. Unter dem Tisch hatte David seine Hand ergriffen und hielt sie schmerzhaft fest umklammert.

Ms Lächeln wurde nur noch breiter. Er lachte, während er nach seiner Kaffeetasse griff und einen Schluck trank. »Ich mochte deine Direktheit schon immer. Katsuya, weißt du, woher ich David kenne?«

David machte ein Geräusch tief in seiner Kehle, das wie ein animalisches Knurren klang.

»Seine damalige Freundin ...«, begann Katsuya.

»Dachtest du, irgendein unbedeutender Sub würde einfach so jemanden wie mich kennen?«, schnitt M ihm das Wort ab. Trotz seiner Worte lag jedoch keinerlei Herablassung in seiner Stimme. Er stellte lediglich eine Tatsache fest.

David drückte Katsuyas Hand noch ein letztes Mal fest und ließ dann los. »Dieser Ort ... sein Reichtum ist eine Venusfliegenfalle für eine Menge reicher, selbstgerechter Arschlöcher«, erklärte er. »Und rate mal, wen der Commissioner in diesen Sumpf schickt, wenn einer von denen eine schlechte Entscheidung trifft.«

M schien Davids Ärger zu genießen, er schien ihn fast zu erregen.

»Ein Senator ist in einem der Dungeons gestorben. Nicht in diesem, aber der Senator hatte enge Verbindungen zu diesem Ort hier. Ich musste allen Spuren folgen, die ich in seinem kleinen schwarzen Notizbuch finden konnte, und hatte das große Vergnügen, die dreckigen Details dieses Lebensstils kennenzulernen, um herauszufinden, ob es sich um einen Unfalltod oder um vorsätzlichen Mord handelte.«

»Ich denke«, bemerkte M, »rückblickend betrachtet stößt dich diese ... ›Dreckigkeit‹ ab, weil du gesehen hast, wie Katsuya Schaden zugefügt wurde. Aber damals bist du selbst darin aufgegangen.«

»Das ist Jahre her. Damals war ich ein anderer Mensch.«

»Ja, natürlich. Wir passen uns an die Bedürfnisse und Wünsche unseres Umfelds an«, bemerkte M. »Eine ziemlich unsinnige Verpflichtung, die man sich da aufbürdet, findet ihr nicht?«

Diese neuen Informationen schwirrten durch Katsuyas Kopf – es waren zu viele und sie prasselten fast schneller auf ihn ein, als er sie verarbeiten konnte. Er hatte Fragen ... so viele Fragen, die ihm auf der Zunge lagen, doch er konnte sie einfach nicht in Worte fassen. Er war fasziniert von diesem neuen Einblick in jemanden, von dem er gedacht hatte, dass er ihn kannte. Dieses Gefühl verstand er, aber da war noch etwas anderes, etwas Beängstigendes, an der Erkenntnis, wer David war und wer er sein konnte. Er musste feststellen, dass er es herausfinden wollte, während er es gleichzeitig lieber nicht wissen wollte.

»Es stimmt wohl, dass du nicht verstehen kannst, was es bedeutet, Kompromisse für jemanden einzugehen, der einem am Herzen liegt«, entgegnete David.

»Und es hat mir noch nie schlaflose Nächte bereitet«, konterte M.

Katsuya sah mit wachsender Faszination zu, wie die beiden einander attackierten. Er hätte sich nur zu gerne zurückgelehnt und diesen beiden Männern dabei zugehört, wie sie versuchten, sich gegenseitig zu zerfleischen, aber David hatte all seine Karten auf den Tisch gelegt. M amüsierte sich prächtig. Doch die wachsende Frustration, die er auf Davids Gesicht erkennen konnte, und die Anspannung in seiner Stimme lösten in Katsuya Schuldgefühle aus, weil er sie beide in diese Situation gebracht hatte. Plötzlich ergriff er das Wort und unterbrach die beiden Männer, die ihn anblickten, als würden sie sich erst in diesem Moment bewusst, dass er auch noch da war.

»Keine zehn Minuten nachdem wir uns das erste Mal begegnet sind, haben Sie mich gefragt, warum ich hier sei«, sagte Katsuya. »Um ehrlich zu sein, ist das der Grund, warum ich wieder hier bin: Ich weiß es nicht.«

Eine Pause entstand. Katsuya hielt seinen Blick auf den Rand der Kaffeetasse vor sich gerichtet. »Ich weiß nur, dass da immer schon diese Leere in meinem Inneren war«, fuhr er fort, »eine Art dunkler Mahlstrom, an den ich mich so sehr gewöhnt habe, dass er zu einem Teil von mir geworden ist, eine Krankheit, deren Symptome für mich längst zur Normalität geworden sind. In dieser

Nacht im Hotel habe ich sie gespürt … weil ich körperlich etwas erlebt habe, das fast ebenso mächtig war …«

»Hast du erwartet, dass diese Leere sich füllt, wenn du dich weiter auf diesen Pfad begibst?«, fragte David leise.

»Ich suche nicht nach einem Heilmittel«, erwiderte Katsuya. »Ich suche nicht nach einer Lösung. Ich glaube, alles, was ich wirklich will, ist verstehen, was diese Leere ist.« Er senkte den Blick auf seine Hände, die in seinem Schoß lagen.

David folgte seinem Blick und bemerkte, dass seine Finger zitterten.

»Ich will einfach keine Angst mehr haben …«, erklärte Katsuya. »Ich will jemand sein, der es verdient, mit dir zusammen zu sein …« Er verstummte.

»Ich glaube, du hast eine unrealistische Erwartung an das, was hier geschieht«, sagte M, »und die Vorstellung, dass du es überleben kannst, komplett gebrochen zu werden, und wieder zu einem neuen Menschen zusammengesetzt wirst.«

»Das Resultat hat eine direkte Wirkung auf den Zweck. Ich bin nicht hier, um einen Fetisch zu befriedigen. Ich sexualisiere Schmerz oder das Gefühl, dominiert zu werden, nicht. Auch wenn Sie das in dieser Nacht im Hotel gesehen haben.«

M trommelte mit dem Finger gegen seine Tasse. Sein Lächeln blieb weiterhin unverändert. Einige Augenblicke vergingen in

Schweigen. Nur draußen im Garten konnten sie leises Vogelgezwitscher hören.

»Wenn du eine Vase zerbrichst und sie wieder zusammensetzt, ist es immer noch dieselbe Vase, nur dass sie aus vielen Scherben besteht«, erläuterte David.

»Das verstehe ich«, entgegnete Katsuya, führte es aber nicht weiter aus.

»Was willst du von mir?«, fragte M und richtete sich auf.

»Ich würde gerne einen vorübergehenden Vertrag mit Ihnen eingehen«, antwortete Katsuya und bevor David protestieren konnte, legte er eine Hand auf seine, um ihn zu beruhigen. »Unter zwei Bedingungen.«

»Ich kann sagen, das ist das erste Mal, dass jemand, dem ich mich offen angeboten habe, Bedingungen an mich stellt.«

»Sie sind unumstößlich«, beharrte Katsuya. »Ich habe auch kein Problem damit, jetzt einfach zu gehen und Ihnen Ihr Halsband zurückzuschicken.«

»Und wie lauten diese Bedingungen?«

»Fünf Tage«, sagte Katsuya. »Ich komme her und vollende fünf Tage zu Ihrer Zufriedenheit. Sie stellen die Regeln auf.«

»Und die andere?«

»David wird auch Teil des Vertrags sein«, erwiderte Katsuya. »Als der zweite Meister.«

Ms Lächeln wurde breiter, während sich Davids Miene weiter verfinsterte.

»Erwartest du, dass er dich aus der Situation rettet, wenn es zu ... intensiv wird?«, fragte M und lehnte sich ein wenig vor.

»Nein. Ich will einfach nur, dass er Teil des Prozesses ist, was auch immer dabei herauskommt. Vielleicht endet der Vertrag, ohne dass etwas passiert ist. Vielleicht ist das alles nur eine Erfahrung, die ich wahrscheinlich vergessen werde, sobald die blauen Flecken verheilt sind. Und um das noch mal deutlich zu machen«, sagte Katsuya und seine Finger schlossen sich um Davids Hand, »ich vertraue David. Ich kann nicht sagen, dass ich *Ihnen* traue.«

M lachte. »In dir steckt so viel mehr, als ich erwartet hatte, Katsuya. Ich bin bereit, diese Zugeständnisse zu machen. Fünf Tage reichen mir voll und ganz.«

»Und wenn diese fünf Tage vorbei sind«, sagte David schließlich und sah Katsuya an, »wirst du das alles und ihn hinter dir lassen?«

»Ja. Versprochen«, erwiderte Katsuya. »Es tut mir leid. Ich weiß, wie schwer das für dich sein muss.«

»Diese Seite von dir, die du mir nicht zeigen willst ...«, erklärte David. »Ich habe auch eine Seite, die ich dir nicht zeigen will.«

M nahm noch einen letzten Schluck Kaffee und stand auf. David und Katsuya unterbrachen ihre Unterhaltung und sahen ihn an.

»Finden wir heraus, wie entschlossen ihr beide seid«, sagte M und strich seine Ärmel glatt. »Wir haben noch den ganzen Nachmittag vor uns.«

Obwohl Katsuya nur einmal zuvor in diesem Haus gewesen war, erkannte er einen bestimmten Flur sofort, als sie ihn betraten. Der Bereich wurde nur schwach von einer kleinen kugelförmigen Leuchte, in deren Glas florale Muster geschliffen waren, erhellt. Sie gingen an drei geschlossenen Türen vorbei und hielten an der vierten, die sich am Ende des kurzen Gangs befand. Das vertraute Gefühl, das sich in seinem Inneren geregt hatte, als er in dieser Nacht vor gar nicht allzu langer Zeit das erste Mal zu ebendieser Tür geführt worden war, kehrte zurück.

M öffnete sie und trat als Erster ein. Katsuya folgte ihm und seine Nerven fingen an zu flattern. David schloss die Tür hinter ihnen. Es war derselbe kahle Raum. Dieselben zwei Stühle. David setzte sich als Erster.

Als M das Wort ergriff, hatte sich seine Stimme verändert. Der höfliche Tonfall, in dem er zuvor gesprochen hatte, war verschwunden. Der kalte Befehlston entsprach nun dem, den Katsuya damals im Fahrstuhl gehört hatte, als M die Hand ausgestreckt hatte, um sein Handy einzufordern. »Auch wenn du das Halsband nicht trägst, betrachte dich von nun an als unser Eigentum. Heute zählt nicht als der erste Tag. Nennen wir es einfach die Orientierungsphase.«

Während er sprach, lief M im Raum auf und ab. »Die Hausregel besagt, dass sich alle Subs ausziehen müssen, sobald sie das Anwesen betreten.«

Bei diesen Worten fing Katsuya an, sein Hemd aufzuknöpfen. Er versuchte, seinen Blick auf M gerichtet zu halten, nicht auf David.

»Das Halsband darf nicht abgelegt werden. Während deiner Dienststunden kann David es dir abnehmen, aber ansonsten musst du es immer tragen. Wenn du dich nicht an diese Regel hältst, fängt der Vertrag wieder bei Tag eins an und du wirst schwer bestraft.«

Nachdem er sein Hemd aufgeknöpft hatte, zog Katsuya es aus und ließ es zu Boden fallen. Während er aus seinen Schuhen schlüpfte, öffnete er seine Gürtelschnalle.

»Die restlichen Regeln«, sagte M und blieb neben einer hohen Vase mit getrockneten Bambusstöcken stehen, »wird David dir erklären. Ich bin sicher, dass er sich noch genau an jede Hausregel erinnern kann.«

Nachdem Katsuya seine Hose geöffnet hatte und sie zu Boden geglitten war, trat er aus den Hosenbeinen, die sich um seine Knöchel bauschten. Er wusste nicht, was er als Nächstes tun sollte, daher stand er ganz still da und wartete darauf, dass M ihm weitere Anweisungen gab. Er keuchte leise auf, als M einen der Bambusstöcke aus der Vase zog und er erkannte, um was es sich handelte.

Eine Gerte. Er hatte noch nie eine aus der Nähe gesehen, aber er erkannte sie sofort. Es war eine dünne, leicht lasierte Bambusgerte. Bei dem scharfen Geräusch, als M sie einmal schnalzen ließ, zuckte Katsuya innerlich zusammen. Doch er weigerte sich, sein Unbehagen nach außen zu zeigen.

»Beug dich über David«, forderte M und trat näher. »Halt dich an den Armlehnen des Stuhls fest. Ich will, dass du ihn ansiehst.«

Es fühlte sich seltsam an, sich vorzubeugen und sich auf die Armlehnen zu stützen. Die Kanten des aufwendig geschnitzten Holzes bohrten sich in seine Handflächen. Er blickte zu David auf und als er in seine Augen sah und erkannte, dass sie vollkommen ausdruckslos waren, schnürte es ihm die Kehle zu. Eine solche Abwesenheit hatte er noch nie zuvor in ihnen gesehen. Diese Augen, die so ausdrucksstark und liebevoll waren, selbst wenn er wütend war, hatten sich verändert. Nun blickte er einen Fremden an.

M tätschelte Katsuyas Hüfte mit der Gerte. »Ich erhöhe die Zahl der Hiebe in Fünferschritten, jedes Mal, wenn deine Hände die Lehnen loslassen.«

Katsuya war nicht sicher, ob er darauf antworten sollte. Stattdessen nickte er nur. Er lauschte, wie Ms Schritte sich von ihm entfernten. Einige angespannte Augenblicke lang existierte nur die Stille. Dann kam der erste Schlag. In dem kleinen Raum hallte das Geräusch laut wider und der Schmerz, der darauf folgte, entriss ihm einen Schrei. David hob die Hand und berührte sein Gesicht, doch seine Miene blieb ausdruckslos.

»Halt deinen Blick auf mich gerichtet«, sagte David.

»Das letzte Mal hast du kaum einen Ton von dir gegeben«, bemerkte M und schlug erneut zu. Ein grellroter Striemen bildete sich direkt unter dem ersten, der sich über die Rückseite eines Oberschenkels und einen Teil des anderen erstreckte. »Es freut mich, dass ich dich jetzt hören kann. Die Augen bleiben offen. Während der Sitzung darfst du die Augen nicht von deinem Meister abwenden.«

Tränen stiegen auf und trübten Katsuyas Sicht. Er blinzelte sie schnell weg und packte die Armlehnen fester. Bei den nächsten drei Hieben hielt er seine Schreie zurück.

»Konzentrier dich nur auf mich«, sagte David. Seine Stimme schien von weit weg zu kommen.

Katsuya nickte David kaum merklich zu und schluckte die Schluchzer hinunter, die seiner Kehle entweichen wollten. Es folgten drei weitere schnelle Schläge, bevor M innehielt, um die Male zu betrachten. Die Striemen waren geschwollen und verfärbten sich bereits dunkel. Als er mit den Fingern darüberfuhr – und die härteren, dickeren Linien nachzeichnete, wo die Gerte die empfindliche Haut getroffen und sich ihr Ende in den anderen Oberschenkel gebohrt hatte –, lächelte er stolz. An zwei Stellen hatten die Hiebe sich überlagert und die Haut war aufgeplatzt. Ein Blutstropfen rann an Katsuyas Bein hinab.

Als David das sah, schritt er ein. »Das reicht. Du hast das erste Blut vergossen.«

M richtete sich auf. »Und ich werde später noch viel mehr vergießen.« Er trat zurück und bog die Gerte zwischen seinen Händen. »Ich habe den ganzen Nachmittag Zeit. Knie dich hin.«

Katsuya stieß den Atem aus, den er angehalten hatte. Er fing an zu keuchen und seine Beine wollten nicht aufhören zu zittern, als er auf die Knie sank. Er wappnete sich und versuchte, sich nicht vorzustellen, wo der nächste Hieb landen würde, auch wenn er ihn bereits kommen hören konnte. Das scharfe Zischen schnitt durch den Raum, doch es folgte kein Aufschlag. Aus dem Augenwinkel sah er, dass David die Gerte mit einer Hand abgefangen hatte, wenige Zentimeter, bevor sie auf seiner Schulter hatte landen können. David sah wütend aus. Er war außer sich, als er M anstarrte.

»Wir sind hier fertig«, erklärte David und seine gesamte Wut lag in diesen vier Worten. Er schob die Gerte weg.

M kam auf sie zu und klopfte mit der Gerte gegen seine Seite. Er wirkte aufgeregt. In seinem Lächeln lag eine Spur von Erregung. »David, du wirst nicht einen Tag durchhalten«, sagte er und beugte sich vor, bis er nur noch wenige Zentimeter von Davids Gesicht entfernt war. »Du wirst noch vor ihm zusammenbrechen.«

Er streckte die Hand nach unten und tätschelte Katsuya zärtlich den Kopf. »Ich fürchte, deine Meister lassen heute sehr schnell Gnade walten.«

M blickte wieder zu David und dieses Mal küsste er ihn ausgiebig auf den Mund.

David rührte sich nicht.

»Das nächste Mal werde ich nicht so nett sein.« M richtete sich auf. »Freu dich schon mal auf unsere gemeinsame Zeit.« Er stellte die Gerte wieder in die Vase und ging.

Katsuya zog seine Beine unter sich, konnte aber nicht die Kraft aufbringen, um aufzustehen. Mit den Handballen wischte er sich die Tränen von den Wangen.

»Wir haben noch keinen Vertrag abgeschlossen«, sagte David mit sanfter Stimme. Der zuvor gleichgültige Ausdruck auf seinem Gesicht war verschwunden.

»Ich habe das Gefühl … dass ich das tun muss«, erklärte Katsuya langsam.

David beugte sich hinunter und legte seine Hände um Katsuyas Gesicht. Mit den Daumen strich er über seine Wangenknochen.

»Dann besorge ich mir von M einen Schlüssel, wenn wir gehen«, flüsterte er und küsste Katsuya.

Katsuyas Oberschenkel wurden von dem älteren Mann in Butleruniform versorgt und mit dünner Gaze verbunden und David ging, um mit M über den Schlüssel für das Halsband zu sprechen. Derselbe junge Mann, der sie an der Tür empfangen hatte, führte sie auch wieder hinaus. M verabschiedete sich nicht.

Es war erst früher Nachmittag. Obwohl sie nicht davon ausgegangen waren, mehrere Stunden auf Ms Anwesen zu verbringen, hatten sie sich dennoch den ganzen Tag freigehalten. David meinte, dass er zur äußersten Landspitze von Long Island fahren wollte, nach Montauk Point. »Es tut bestimmt gut, unsere Körper ein wenig von dem ganzen Großstadtdreck zu entgiften.«

Katsuya nickte nur. Nach wenigen Minuten Fahrt war er eingeschlafen. Als er plötzlich wach wurde, war er allein im Wagen, der auf einem Parkplatz stand, auf dem nur wenige andere Autos und ein kleine Ansammlung von Motorrädern parkten. Er streckte sich und bereute es sofort, als ein stechender Schmerz an der Rückseite seiner Oberschenkel ihn daran erinnerte, was nur wenige Stunden zuvor geschehen war. Er ließ das Fenster herunter und konnte augenblicklich den Ozean riechen.

Ein paar Meter entfernt stand ein kleines Lokal, kaum mehr als eine Hütte, die aussah wie ein umgebautes Stadthaus aus der Kolonialzeit. Die weiße Farbe der Schindeln war aufgesprungen und löste sich ab. Die Fensterrahmen und die dekorativen Fensterläden hatten schokoladenbraune Flecken und die rostigen Nägel, die sie an ihrem Platz hielten, leuchteten in einem hellen Orangeton. Ein Plastikschild, auf dem einfach nur »Geöffnet« stand, lehnte von innen an einer der Scheiben.

Das Messingschild, auf dem der Name des Restaurants stand, war zu verwittert, als dass er die Buchstaben hätte entziffern können. Er glaubte, der Schriftzug könnte sich »Parker's Point« lesen. Der Laden hatte einen schlichten Charme, wie er ihn in all den

Jahren, die er in der Stadt verbracht hatte, noch nicht gesehen hatte. Es wirkte fast so, als wären die Verwahrlosung und Makel beabsichtigt.

Katsuya beobachtete, wie eine fette rotgetigerte Katze aus dem hohen Gras auf die asphaltierte Fläche stolzierte. Sie setzte sich mitten auf den Parkplatz und wirkte kurz unentschlossen, bevor sie dann auf die Motorhaube eines schwarzen BMWs sprang und sich dort hinlegte.

Katsuya bewunderte noch immer das unkomplizierte Leben der Katze, als David schließlich aus dem Lokal kam, mit einer braunen Papiertüte in der einen und zwei Flaschen Wasser in der anderen Hand. Als er ins Auto stieg, brachte er den köstlichen Geruch von Meeresfrüchten mit sich.

»Der Laden sieht echt beschissen aus, aber sie machen die weltbesten Hummerbrötchen«, erklärte David aufgeregt, während er die beiden Wasserflaschen in die Getränkehalter zwischen ihnen steckte und zwei eingewickelte Sandwiches aus der Tüte holte. »Manche Leute kommen sogar aus anderen Bundesstaaten extra deswegen her.«

Er reichte eins Katsuya. Das Sandwich war noch warm und selbst durch das Papier konnte er spüren, wie weich das Brötchen war. Katsuya dankte ihm mit einem flüchtigen Kuss auf die Wange.

»Hast du Schmerzen?«, fragte David, legte eine Hand auf Katsuyas linken Oberschenkel und drückte ihn leicht.

»Das wird schon wieder. Die erste halbe Stunde war am schlimmsten. Jetzt tut es zwar noch weh, aber es ist erträglich.«

Die Sorge, die David noch immer ins Gesicht geschrieben stand, brachte Katsuya dazu, ein Lächeln aufzusetzen und das Thema zu wechseln. »Bist du hier aufgewachsen? Kennst du daher diesen Laden?«

»Ich bin westlich von hier großgeworden, in Hampton Bays«, erklärte David und wickelte sein Sandwich aus dem weißen Wachspapier. Das Brötchen war aufgeschnitten und mit mundgerechten Hummerstücken vollgestopft. Es verströmte einen Duft von Estragon und Zitrone. »Das ist einer dieser Läden, von denen wir einfach erfahren haben, als wir aufgewachsen sind, genau wie dieses wirklich schäbige Restaurant in der Seitenstraße, das man einfach irgendwann kennt, wenn man lange genug in einer Gegend gelebt hat – dieser suspekte Laden, der aber das verdammt noch mal beste Essen in der ganzen Stadt serviert. Dieser Laden hier ist unser schäbiges, suspektes Restaurant in East Suffolk County.«

David nahm einen Bissen von einer Hälfte seines Sandwiches und machte ein übertrieben glückliches Gesicht. Das brachte Katsuya zum Lachen.

»Danke, dass du diesen Teil deiner Vergangenheit mit mir geteilt hast«, sagte Katsuya und wickelte ganz vorsichtig das Papier von seinem Sandwich, als hätte er Angst, dass es reißen könnte. »Jetzt, da der Moment vorbei ist … darf ich fragen, was da bei M passiert ist?«

David zuckte mit den Schultern.

»Bist du wütend, weil M mich körperlich verletzt hat? Oder ist da noch mehr?«

David neigte den Kopf zur Seite, schluckte sein Essen hinunter, öffnete eine der Wasserflaschen und trank daraus.

»Ich bin eher über mich selbst wütend«, erklärte er. »Die Person, die du kennst, die ich heute bin, ist ganz anders als der Mensch, der ich damals war. Als ich meiner Ex begegnet bin und bei M ein und aus ging, war ich impulsiv und sehr egoistisch. Also, deutlich mehr als heute. Mir war wichtiger, was mich glücklich machte, als dass ich mich dafür interessiert hätte, was die anderen um mich herum glücklich macht.«

Einen Moment lang vergaß Katsuya sein Essen und starrte David einfach nur an, völlig fasziniert und gebannt von seinen Worten.

»Es stimmt, dass ich wegen meiner Ex in diese ganze Sache hineingezogen wurde … aber ich bin dabeigeblieben, auch nachdem sie schon lange kein Thema mehr war. Der Schmerz und die Schreie und sogar die Erfahrung, dabei zuzusehen, wie andere auf ziemlich abscheuliche Weisen erniedrigt wurden – es erschreckte mich, dass mich das alles eben nicht erschreckte. Ich mochte die Sitzungen mit ihr und anderen nicht, weil mir nicht gefiel, wie ich selbst darauf reagierte.«

Katsuya nickte nur.

»Es gefiel mir«, gestand David schließlich. »Und ich hasste die Tatsache, dass es so war. Und ich hasste die Tatsache, dass ich gut darin war.«

»Ich verstehe.«

»Ich kann allerdings nicht leugnen, dass ich es liebte, etwas vollkommen zu besitzen, etwas, das nur mir gehörte, nicht im Sinne einer Trophäe, sondern das Gefühl, dass jemand mich bedingungslos liebte – und zwar nur mich.«

»Aber danach hast du dich schrecklich gefühlt«, folgerte Katsuya.

»Weil ich wusste, dass es nur eine Illusion ist, und weil ich die Gewalt an sich mochte – sie gab mir eine Form von Macht und Kontrolle, die ich im echten Leben nicht hatte«, erklärte David und nahm noch einen Schluck aus seiner Flasche. »Danach habe ich viel Nabelschau betrieben und mich gefragt, was für ein Mensch ich wirklich bin. Aber das hat mich nicht davon abgehalten, wieder und wieder zurückzukehren. Nur wenn ich zu Ms Anwesen gefahren bin, hatte ich Angst, mein Einfühlungsvermögen zu verlieren.«

»Aber viele Menschen, die diesen Lebensstil leben, können sich ihr Einfühlungsvermögen dennoch bewahren.«

»Ich hatte Angst, dass ich vielleicht nicht zu ihnen gehöre«, erwiderte David. »Ich habe mich ausschließlich darüber identifiziert, dass ich ein Cop war. Ich habe mich davor gefürchtet, dass ich das nicht mehr sein könnte, wenn das, was ich tat, mein Einfühlungsvermögen oder einen anderen Teil meiner Menschlichkeit zerstören würde.«

Katsuya nickte und wickelte sein Hummerbrötchen weiter aus. Sein Blick ruhte dabei auf David. Das Knistern des Papiers lockerte ein wenig die Spannung, die sich langsam in dem engen Raum des Wagens aufbaute. David nahm noch einen Bissen von seinem Brötchen.

»Als du mit deiner Ex Schluss gemacht hast … wolltest du also wirklich keinen neuen Sklaven und hast dem Ganzen einfach den Rücken gekehrt?«

»Kalter Entzug«, bestätigte David, nachdem er geschluckt hatte. »Wie bei jeder anderen Sucht auch. Anders geht es nicht.«

»Und dass ich dich jetzt um das hier bitte … das ist, als würde man einem Alkoholiker einen Drink anbieten?«

»Das hört sich jetzt vielleicht an wie die Antwort eines Alkoholikers, der nicht in Behandlung ist, aber ich kann jederzeit wieder damit aufhören. Das habe ich schon mal getan. Ich tue das hier nur, weil ich dich mehr liebe als diese Illusion. Ich bin heute ein anderer Mensch.«

Katsuya lehnte sich hinüber und küsste David. Ganz leicht konnte er den köstlichen Hummer auf seiner Zunge schmecken.

»Lecker, oder?«, fragte David, nachdem der Kuss vorbei war.

»Ja«, antwortete Katsuya und nahm sein Brötchen aus dem Papier. Er pickte ein kleines Stück Hummer heraus und aß es. Dann nickte er zustimmend. »Hätte M mich weiter ausgepeitscht, wenn du ihn nicht aufgehalten hättest?«

»Natürlich hätte er das«, erwiderte David. »Seine Sklaven haben keine Safewords. Aber er kann gut genug in ihnen lesen, um zu wissen, wann sie ihre Grenzen erreicht haben. Er würde seinen Sklaven nie den Trost geben, zu wissen, dass es ein Sicherheitsnetz gibt. Das ist nicht die Art von Beziehung, die man mit M eingeht. Das Vertrauen in ihn ist vorausgesetzt, bedingungslos und von Anfang an gegeben. Er ist grausam und ein wenig wahnsinnig, aber ich habe noch nie jemanden kennengelernt, dessen Sadismus so präzise ist.«

»Warum hast du ihn dann aufgehalten? Weil ich geblutet habe?«

David lächelte und fuhr mit den Fingern durch Katsuyas Haar. »Nein, mein süßes kleines Lämmchen«, sagte er. »Weil er dir nur wehgetan hat, um mich wütend zu machen. Diese Sitzung hatte nur den einen Zweck, mich und meine Entschlossenheit zu testen. Er wollte sehen, ob ich immer noch der Mann sein kann, den er kannte. Du warst derjenige, der die Hiebe einstecken musste, und bei den Schlägen ging es um nichts anderes als die Schläge selbst. Du hättest nichts aus der Sache gezogen. Nicht so, wie du denkst.«

Schließlich biss Katsuya in sein Brötchen und lächelte. »Das könnte vielleicht sogar besser sein als dein Steak.«

»Mit dieser Bemerkung hast du dir gerade eine Bestrafung heute Abend eingehandelt«, sagte David, nahm einen letzten Bissen und wickelte den Rest seines Sandwiches wieder ein. Er steckte es zurück in die braune Papiertüte und ließ den Motor an. »Wir fahren jetzt zu einer Frühstückpension in der Nähe des Leuchtturms, die der Familie eines alten Schulfreunds gehört. Wir fahren zurück, bevor der morgendliche Berufsverkehr einsetzt.«

»Ich freue mich darauf, Meister«, antwortete Katsuya fröhlich.

Epilog

Er wachte eine halbe Stunde vor seinem Handywecker auf. Seine innere Uhr funktionierte in der Regel besser als jeder Wecker. In den letzten fünfzehn Jahren hatte er immer die gleiche morgendliche Routine gehabt, selbst an seinen freien Tagen. Aufstehen um sechs und um halb acht aus dem Haus. So hatte er gerade noch ein paar Minuten, um sich im Büro seine erste Tasse Kaffee zu holen und dann um Punkt acht an seinem Schreibtisch zu sitzen.

Aber an diesem Tag nicht in seinem eigenen Bett und auf einer Mattratze aufzuwachen, die ein bisschen zu hart war, verwirrte ihn einen Moment lang. Er rollte sich auf die Seite und erblickte die leere Hälfte des Betts, in der jemand geschlafen hatte.

Katsuya.

Er stellte die Weckfunktion seines Handys aus und warf es wieder auf den Nachttisch. Er zog sich die geliehenen Flanellpyjamahosen an und tapste aus dem Schlafzimmer. Es war dunkel und kalt. Sehr kalt. Er folgte der frischen Brise zur Balkontür im Nebenzimmer, die weit offen stand. Auf dem Boden des kleinen Balkons ihrer Suite im dritten Stock saß Katsuya auf einem Kissen, das er sich von einem der Sessel im Wohnzimmer geschnappt hatte, und hatte sich in eine Decke gewickelt. Er blickte gebannt auf den immer noch dunklen Horizont. In einigen Kilometern Entfernung konnte man das Signal eines Leuchtturms ausmachen. Der Himmel war klar und mit Sternen übersät.

»Du wirst noch krank, wenn du hier draußen sitzt.« Davids Worte erschreckten Katsuya.

»Entschuldige, ich habe die Tür offen gelassen … Ist dir kalt geworden?«, erkundigte sich Katsuya und blickte zu David auf. In der Dunkelheit reichte das schwache Licht der Umgebung gerade so, dass er seine Silhouette ausmachen konnte, und doch konnte er Katsuyas strahlende Augen hinter seinen Brillengläsern erkennen.

»Nein«, antwortete er und setzte sich auf die kalten Fliesen neben Katsuya.

»Hier.« Katsuya erhob sich vom Kissen. »Du kannst mein Sessel sein.«

David ließ sich auf dem vorgewärmten Kissen nieder. Katsuya setzte sich in die kleine Lücke zwischen seinen Oberschenkeln und wickelte die Decke um sie beide.

»Die Sonne geht erst in einer Stunde auf«, sagte David und küsste Katsuya auf die Wange.

»Ich weiß«, erwiderte Katsuya. »Es ist so wunderschön hier. Dieses ganze … Nichts … hat etwas Reinigendes für die Seele. Ich habe den größten Teil meines Lebens in der Stadt verbracht. Deshalb ist das so …«

David drückte Katsuya enger an sich. »Wir können jederzeit wieder herkommen.«

»Das wäre nicht mehr dasselbe.«

David lachte. »Stimmt wohl … Also, was können wir noch ein einziges Mal machen, damit es etwas ganz Besonderes wird?«

»Dieses Kreuzfahrtschiff ist schon lange ausgelaufen, Detective Sexprotz.« Katsuya tätschelte Davids Hände, die um seine Taille ruhten. »Ich wollte damit nicht sagen, dass ich nie mehr herkommen will. Ich möchte diese Erinnerung einfach nur so lange wie möglich genießen, bevor die Rückfahrt sie trübt.«

»So hab ich das noch nie betrachtet«, sagte David. »Der Amerikaner in mir verschlingt instinktiv so viel er kann, solange es gut schmeckt oder sich gut anfühlt. Wir stopfen uns alles in den Rachen, bis es uns wieder hochkommt und wir es nie wieder essen möchten.«

»Das erklärt deine sexuelle Unersättlichkeit.«

»Tut es«, stimmte David zu.

David drückte Katsuya einen Kuss auf die Schläfe und sie verfielen in Schweigen. Sie lehnten sich aneinander und nahmen die Kälte und die Stille in sich auf, während sie die geteilte Wärme genossen.

Das dunkle Himmelszelt löste sich in den ersten Lichtstrahlen auf, als graue und dunkelrote Flecken die funkelnden Sterne verdrängten. Dann wusch ein Farbwechsel von einem schwachen Dunkelrot zu Orange über den Himmel. Es war nicht der erste Sonnenaufgang, den er in seinem Leben gesehen hatte, aber er hatte sich dem Himmel noch nie so nah gefühlt. Die Welt über ihm zog ihn in die Höhe und hüllte ihn in einen Kokon.

Katsuya kuschelte sich enger in Davids Arme. Die Stärke der Umarmung, die ihn in ihrer Wärme einschloss, gab ihm das Gefühl, wirklich geliebt und begehrt zu werden. Er spürte, wie ihm Tränen in die Augen stiegen, und blinzelte sie im letzten Moment weg.

»Entschuldige, dass ich uns hier festgehalten habe, obwohl wir eigentlich schon lange unterwegs sein wollten«, sagte Katsuya.

»Mike kann heute für mich einspringen«, erwiderte David und küsste Katsuya auf den Scheitel. »Ich habe so viele seiner Fälle übernommen, dass er mir einen Monat an Ausgleichstagen schuldet.«

Der Himmel hellte sich zu einem blassen Orange auf, das von Gelb durchzogen war.

»Es wäre schön, noch ein paar Stunden hierzubleiben. Ich habe es nicht eilig, in die Stadt zurückzukommen«, sagte Katsuya. Er ergriff Davids Rechte mit beiden Händen. Er hatte das gar nicht beabsichtigt, doch nun starrte er auf Davids Hand, während er mit dem Daumen über die Handfläche streichelte. Ein böser roter Striemen zog sich vom Handballen zum ersten Gelenk seines kleinen Fingers. Der Striemen war geschwollen und wund.

»Tut es noch weh?«, fragte Katsuya und zog Davids Hand an seine Lippen, um sie zu küssen.

David lächelte nur. »Jetzt ist es schon viel besser.«

»Mach das nicht noch mal«, sagte Katsuya. »Egal aus welchem Grund. Ich habe dich da mit reingezogen.«

»So spricht man aber nicht mit seinem Meister«, entgegnete David.

»Du weißt, was ich meine.« Katsuya drehte sich halb um, damit er David ansehen konnte. »Geh diesen Weg mit mir, nicht für mich. Auch wenn M mir wehtut, um dich zu ärgern.«

David lachte aufrichtig amüsiert. »Oh, du hast ja nicht die geringste Ahnung, was es bedeutet, wenn M dir *wirklich* wehtut. Kriegsgefangene in den Händen ihrer schlimmsten Feinde werden besser behandelt.«

Er beugte sich vor und küsste Katsuya auf den Mund, dann stand er auf und zog ihn mit sich auf die Füße. »Lass uns süße, süße Liebe machen, während die Sonne aufgeht, und dann gehen wir in die Innenstadt und gönnen uns ein schönes Frühstück. Im Anschluss gehen wir hoch auf den Leuchtturm und machen da rum – nur damit wir sagen können, dass wir das gemacht haben.«

»Und dann?«, fragte Katsuya und legte seine Hand in Davids. Er folgte ihm ins Schlafzimmer.

»Und dann sitzen wir die nächsten vier Stunden im Auto auf dem Long Island Expressway, quälen uns Zentimeter für Zentimeter Richtung Manhattan voran und bereiten uns darauf vor, am Montag wieder in unser stinknormales Stadtleben einzutauchen …«

»Perfekt.«

Studio Notes

Neko: M war eine eher späte Erfindung, ein Mittel, um den Prolog abzuschließen, der ursprünglich eine eigenständige Kurzgeschichte werden sollte, nachdem ich mit dem Ende nicht weiterkam. Doch auf den wenigen Seiten, auf denen er aufgetaucht ist, ist er immer interessanter geworden. Zumindest konnte ich mir vorstellen, dass er jemand ist, der Katsuya so beherrschen kann, wie er beherrscht werden will. Bisher hatte Katsuya einen Freund, der ihn nach Strich und Faden verwöhnt. Es war eine interessante Vorstellung, dass er nun jemanden trifft, der Bedürfnisse und Wünsche befriedigt, von denen er selbst nicht wusste, dass er sie hat.

Ms eher spärliche Beschreibung beruhte auf spontanen Einfällen. Er hatte kein Gesicht, nur eine Stimme. Ich war also sehr glücklich, als TogaQ ihn schon beim ersten Versuch – einem Entwurf, für den sie vielleicht zwanzig Minuten gebraucht hat – perfekt getroffen hat. Das zeigt mir, dass sie auch eine klare Vorstellung von ihm hat, und ich bin sicher, wir werden in Zukunft eine interessante Zeit haben, wenn wir diese Geschichte weiterentwickeln.

TogaQ: Als ich die ziemlich ungenaue Figurencharakterisierung von M gelesen habe – schlank und groß mit langem weißblondem Haar –, dachte ich sofort an Lucius Malfoy. Meine Kinder haben vor Kurzem *Harry Potter* für sich entdeckt und lesen die Bücher und schauen die Filme. Ich musste also ganz bewusst darauf achten, *nicht* Lucius Malfoy zu zeichnen.

Ms kantige Gesichtszüge sind zum Teil davon inspiriert, wie er spricht und sich verhält. Er hat einfach dieses imposante Auftreten, das einen erst mal einschüchtert und einen Schritt zurück machen lässt.

Ich bin schon sehr gespannt darauf, was er alles mit Katsuya anstellen wird.

altraverse

Deutsche Ausgabe / German Edition
Altraverse GmbH – Hamburg 2018
Aus dem Englischen von Katrin Aust

Redaktion: Sabine M. Schmid
Lettering + Herstellung: Martina Stellbrink

Druck: CPI books GmbH, Leck
Printed in Germany

MIX
Papier
FSC FSC® C083411

ISBN 978-3-96358-269-1
1. Auflage 2018

www.altraverse.de